W.M.L. de Wette

Ueber die erbauliche Erklärung der Psalmen

Anatiposi

W.M.L. de Wette

Ueber die erbauliche Erklärung der Psalmen

Unveränderter Nachdruck der Originalausgabe.

1. Auflage 2023 | ISBN: 978-3-38200-116-2

Anatiposi Verlag ist ein Imprint der Outlook Verlagsgesellschaft mbH.

Verlag: Outlook Verlag GmbH, Zeilweg 44, 60439 Frankfurt, Deutschland
Vertretungsberechtigt: E. Roepke, Zeilweg 44, 60439 Frankfurt, Deutschland
Druck: Books on Demand GmbH, In de Tarpen 42, 22848 Norderstedt, Deutschland

Ueber

die erbauliche

Erklärung der Psalmen.

Von

Dr. W. M. L. de Wette.

Zweite Auflage.

Heidelberg.

Akademische Verlagshandlung von J. C. B. Mohr.

1856.

Ueber die erbauliche Erklärung der Psalmen meine Gedanken zu veröffentlichen, sehe ich mich von mehr als einer Seite veranlasst. Es ist an meinem Commentar über die Psalmen, selbst von Freunden, ausgesetzt worden, dass er dem religiösen Bedürfnisse zu wenig genüge; und indem ich anerkennen musste, dass die grammatisch-historische, kritische Richtung der Erklärung in diesem Buche vorherrschend, und für die Hervorhebung der frommen und frommen Gebrauch erlaubenden Gedanken wenig geschehen sei, ging ich bei Bearbeitung der neuesten Ausgabe mit mir zu Rathe, ob ich nicht jenem Mangel abhelfen sollte. Aber ich fand, dass ich zu diesem Zwecke auf eine die Eigenthümlichkeit des Buches zu sehr verletzende Weise eingreifen müsste, und unterliess es. Unterdessen hatte Herr Dr. U m b r e i t in Heidelberg in seiner christlichen Erbauung aus dem Psalter (1835) eine sehr schätzbare, gemüthliche Anregung zur erbaulichen Behandlung dieser heil. Gesänge gegeben, auf welche ich zurückweisen konnte. Indessen erstreckt sich dieses Buch nur auf einen Theil der Psalmen, und ist, weil für gemüthliche Leser bestimmt, ohne alle hermeneutisch-wissenschaftliche Erörterung geblieben; auch ist der historische Unterschied des Alttestamentlichen und Christlichen, der Erbauung zu Liebe, mehr oder weniger verwischt, was meiner Meinung nach nicht sein soll. Auf der andern Seite haben die Herren K l a u s s (Beiträge z. Kritik und Exegese d. Psalmen. 1832.) und S t i e r (Siebzig ausgewählte Psalmen nach Ordnung und Zusammenhang ausgelegt. 2 Thle. 1834. 36.) eine „gläubige" Auslegung aufgetischt, welche dem gesunden Geschmacke widert, und deren Verderblichkeit mich auffordert, da ich mich in der vierten Ausgabe meines Psalmen-Commentars der Kürze wegen nicht mit deren Widerlegung befassen konnte, anderwärts dagegen aufzutreten, und die richtigen Grundsätze der erbaulichen Behandlung des A. T. überhaupt und der Psalmen insbesondere aufzustellen und zu sichern.

Auch als akademischer Lehrer und Leiter fortgehender homiletischer und praktisch-exegetischer Uebungen fand ich mich hiezu veranlasst. Nach dem richtigen Grundsatze der christlichen Homiletik, dass das N. Testament der erste und hauptsächlichste Fundort von Predigt-Texten sein muss, beschäftigte ich meine Zuhörer seit vielen Jahren allein mit Bearbeitung neutestamentlicher Schriftstellen und praktischer Erklärung ganzer Abschnitte oder kleinerer Briefe. Aber je länger, je mehr fühlte ich, dass ich ihnen doch auch eine Anleitung zur erbaulichen Behandlung des A. T. schuldig sei, zumal da meine, von den gewöhnlichen altdogmatischen so sehr abweichenden kritischen Ansichten und die in meiner biblischen Dogmatik und in der Geschichte der christlichen Sittenlehre durchgeführte Auseinanderhaltung des Alt- und Neutestamentlichen einer solchen Behandlung nicht nur nachtheilig zu sein, sondern sie vielleicht sogar unmöglich zu machen scheinen konnten. Ich machte daher im Wintersemester 1835—1836 den Versuch mit der praktischen Erklärung der ersten Capitel des 1. Buchs Mose und mehrerer Psalmen, wobei ich denen, welche die Aufgaben erhielten, zur Pflicht machte, von den Ergebnissen der grammatisch-historischen Auslegung auszugehen und den Abstand des Alttestamentlichen vom Neutestamentlichen durchaus nicht zu verwischen, ihn zwar nicht schroff herauszuheben, aber bestimmt ins Auge zu fassen und nur durch eine gesetzmässige psychologisch-religiöse Auffassung der tiefern Verwandtschaft und Gleichartigkeit und durch eine darauf gegründete Erweiterung und Verallgemeinerung zu vermitteln und auszugleichen. Der Versuch gelang; und diese Blätter sind vorzüglich meinen Zuhörern zur Erinnerung an die von mir bei jenen Uebungen gemachten Bemerkungen und zur theoretischen Ausführung derselben gewidmet.

Praktisch nenne ich sonst mit dem gelehrten Ausdrucke die Erklärung der Psalmen, von welcher ich handeln will; hier will ich den gemeinfasslichen: **erbaulich**, brauchen.

Erbaulich ist, was das sittlich-fromme Leben auf- und aus-
bauet, d. h. fördert, was demselben Anregung, Nahrung, Licht und
Kraft zuführt, was dem Gemüthe Erleuchtung, Kräftigung, Erholung,
Trost, Beruhigung gewährt.

Zur Erbauung kann uns schon die Belehrung, Ermahnung und
Tröstung dienen, welche uns ein vom Geiste des Christenthums wahr-
haft erfüllter frommer Mann, öffentlicher Lehrer oder nicht, aus der
Fülle seines Gemüthes gibt. Aber wie schon die Apostel in ihren Reden und Schriften Stellen und Worte der heil. Schrift zur Erbauung
benutzten, so schöpfen wir unsere Erbauung sowohl öffentlich als da-
heim aus dieser göttlichen Quelle und solchen Reden und Schriften,
welche daraus geschöpft, darauf gegründet und davon durchdrungen
sind. Unser christliches Leben hat seinen Anfangs- und Endpunkt in
Christo, und von ihm zeugt die heil. Schrift: mithin müssen wir die
Nahrung und Förderung unsres Lebens vorzüglich in ihr suchen.

Die Erbauung aus der Bibel geschieht allein durch lebendige,
geistige Aneignung ihres lebendig verstandenen Inhaltes und Geistes.
Verstehen aber können wir sie allein durch das Wort und die Sprache,
mithin durch sprachliche (grammatische) Erklärung, welche die
protestantische Kirche mit Recht als die Grundlage der Bibelbenutzung
ansieht. (Vergl. m. kirchliche Dogmat. §. 30.) Weil aber jede Sprache
und schriftliche Mittheilung unter dem Einflusse der Zeitbildung steht,
mit ihr verwachsen ist und ohne Kenntniss derselben nicht vollständig
und genau verstanden werden kann: so hat die neuere Hermeneutik
(Auslegungswissenschaft) mit Recht zu der grammatischen Auslegung
noch die historische hinzugefordert. Von beiden wird uns erst der
ganze Stoff biblischer Vorstellungen und Gedanken rein und vollständig
überliefert, den wir zur Erbauung benutzen können. Wollte die erbauliche Behandlung der heil. Schrift die Vorarbeiten der grammatisch-
historischen Exegese verschmähen und bei Seite liegen lassen, so würde
sie ein Spiel des frommen Witzes werden und die Weihe und Kraft der
Wahrheit verlieren. Auch den Gesetzen des Verstandes muss sie folgen,
um nicht in Willkür und Aberwitz zu verfallen, und den ganzen Menschen zu befriedigen, den nun einmal der weise Schöpfer nicht nur mit
Gefühl und Phantasie, sondern auch mit Verstand ausgerüstet hat.

Dass wir nun unsre Erbauung zunächst in den heil. Schriften des Neuen Bundes, in den Worten Jesu Christi, in den Belehrungen und Ermahnungen der Apostel suchen und finden, ist natürlich, da unser ganzes christliches Leben auf dem Evangelium beruhet, und ein immer wiederkehrendes Bedürfniss uns dahin treibt, wo wir das Wort des Lebens in seiner ursprünglichen Reinheit und Frische finden.

Aber auch die Schriften des Alten Bundes sind zu unsrer Belehrung und Ermahnung geschrieben (Röm. 15, 4. 1. Kor. 10, 11.). Und nicht bloss für diejenigen, welche unter den Juden gläubig geworden und gewohnt waren, in ihren heiligen Schriften für jede Wahrheit Bestätigung, für jeden Fall des Lebens Belehrung, Verständigung und Beruhigung zu suchen, war das Bedürfniss vorhanden, aus der Mitte des neuen Lebens zurückzublicken in das alte, in welchem sie aufgewachsen waren, sondern für alle Christen, und auch für uns sind die Schriften des Alten Bundes, als von Gott eingegeben, nützlich zur Lehre, zur Strafe (zur Rüge und Warnung), zur Besserung, zur Züchtigung in der Gerechtigkeit (2. Tim. 3, 6); und zwar darum, weil Christus das Gesetz und die Propheten nicht aufgehoben, sondern erfüllt hat (Matth. 5, 17), weil das Leben im Alten Bunde der geschichtliche Grund und Boden des Lebens im Neuen ist, und weil wir uns in keinem Gebiete des Lebens, also auch nicht in dem der Frömmigkeit, vom geschichtlichen Grunde entfernen dürfen, ohne ins Leere und Haltungslose zu verfallen. Es finden sich im Alten Bunde die unentbehrlichsten Grundlagen des Neuen, namentlich die Offenbarung des wahren, einen Gottes und seines heiligen Gesetzes, ohne welche das Christenthum weder erkannt noch erlebt werden kann. Gott, der Vater Jesu Christi, kann nicht erkannt werden, ohne dass er zuvor als Jehova, der Gottkönig Israels, erkannt worden sei; die Freudenbotschaft der Sündenvergebung und Versöhnung ist bedeutungslos ohne das Gesetz, das da gebietet, straft und verdammt.

Aber so gewiss der Alte Bund die Grundlagen des Neuen enthält, so gewiss ist es, dass jener durch diesen vollendet (erfüllt) und eben durch diese Vollendung auch aufgehoben ist (Hebr. 7, 18). Christus hob seinem vorhin ausgeführten Ausspruche (Matth. 5, 17) nach Gesetz und Propheten nicht auf, so nämlich, dass er das durch sie gegründete

Verhältniss zu Gott zerstörte und vernichtete, und mit ihrem Geiste in Widerspruch trat; aber indem er das Gesetz vollendete und verklärte, hob er es allerdings auf, weil durch das Vollendete das Unvollkommene immer aufgehoben wird. Christus ist das Ende des Gesetzes (Röm. 10, 4). Er ist eines bessern Bundes Mittler, welcher auch auf bessern Verheissungen stehet. Denn so jener, der erste, untadelig gewesen wäre, würde nicht Raum zu einem andern gesucht (Hebr. 8, 6 f.). Es ist demnach kein Zweifel, dass ein grosser Unterschied zwischen den Schriften des Alten und denen des Neuen Bundes bestehet.

Nirgends finden wir deutlichere Belehrung über dieses Verhältniss, als bei dem Apostel Paulus und im Briefe an die Hebräer (welcher zwar schwerlich von ihm selbst, aber doch von einem seiner Schüler verfasst ist). Mit grossartigem geschichtlichen Blicke übersehant dieser Apostel die ganze religiöse Vorgeschichte bis auf Abraham, den Stammvater der Israeliten: in ihm findet er mit Recht den Anfang des religiösen Lebens, das sich durch die israelitische Geschichte hindurch entwickelt. Es ist bei ihm wie in einem Keime, im gläubigen, hoffenden Vertrauen zu dem Gott, der ihn berufen und geführt, beschlossen. Dieser Keim aber musste sich der von Adam her herrschenden Sünde wegen zuerst in den Zwiespalt der Erkenntniss der Sünde durch das Gesetz aufschliessen. Die Nachkommen Abrahams waren nicht fähig, den Gnaden- und Glaubenstand desselben fortzuführen und in kindlicher Eintracht mit ihrem väterlichen Gott zu bleiben. Sie mussten, weil sie sich von ihm abwandten, weil sie ungehorsam und halsstarrig waren, durch das Gesetz gezähmt, und weil sie dieses nicht recht erfüllen konnten noch wollten, zur Erkenntniss der Sünde gebracht werden, damit in ihnen die Sehnsucht nach dem verlornen Heile und die Empfänglichkeit dafür erweckt würde. Man lese Gal. 3, 6 ff., wo der Apostel sagt, dass schon Abraham geglaubt habe, durch seinen Glauben gerechtfertigt worden und göttliche Verheissung empfangen habe, dass das Gesetz erst viele Jahrhunderte später um der Sünden willen gegeben worden und einen Zwischenzustand, einen Zustand der vorbereitenden Zucht, herbeigeführt habe, worauf dann der Glaube gekommen, durch welchen dieser Zustand der Zucht aufgehoben und die Erfüllung der dem Abraham gegebenen Verheissung gebracht worden sei. Ebenso wird Hebr. Cap. 7 über das levitische Priesterthum auf etwas Höheres und Aelteres, das Priesterthum des Melchisedek, zurückgegangen, und das Priesterthum Christi als die Rückkehr und Vollendung des letztern dargestellt.

Aber eben weil der Alte Bund aus einem Höheren hervorgegangen war und auf ein Höheres hinleiten sollte, so enthielt es dieses Höhere selbst, wie die Knospe die zukünftige Blüthe; mitten im Gesetzesstande lebte die Sehnsucht und Hoffnung des Gnaden- und Glaubensstandes. Und daher ist es eine von jeher in der christlichen Kirche anerkannte und auch von uns nicht zu vergessende Wahrheit, dass Christus schon im Alten Testamente zu finden ist, dass dieses theils allgemeine Wahrheiten, auf welche Christus seine Heilslehre gebaut hat, theils Weissagungen auf ihn, theils Vorbilder von ihm und seinem Werke enthält.

Nur ist bei dieser Anerkennung und dem Bestreben, Christum im Alten Bunde zu finden, mithin bei der erbaulichen Behandlung der alttestamentlichen Schriften, nicht zu vergessen, dass der Alte Bund eben noch nicht der Neue ist, auf einer niedern Stufe steht, und Ansichten, Bestrebungen und Gesinnungen in sich schliesst, welche die des Neuen Bundes theils nicht ganz erreichen, theils ihnen zuwiderlaufen. Es ist ein bleibendes Verdienst der neuern Theologie seit Semler, mittelst der vorzüglich von diesem ausgezeichneten Gottesgelehrten aufgebrachten historischen Auslegung diesen Unterschied des Alten und Neuen Bundes, des Althebräischen und Jüdischen eines Theils, und des Christlichen andern Theils zur Anerkennung gebracht zu haben, während die alte Theologie, obschon von dem richtigen Grundsatze ausgehend, dass derselbe Gott sich im Alten und im Neuen Bunde geoffenbart hat, den Unterschied zu verwischen gewohnt war, und sich dabei eine Menge Willkürlichkeiten erlaubte. Es mag sein, dass von neuern Theologen wieder im Gegentheil zuviel gethan worden ist, wesswegen diejenigen, die zur alten Orthodoxie zurückgekehrt sind, vom Geiste der Reaction getrieben, auch die ehemalige Behandlung des Alten Bundes wieder erneuern und zur angeblichen Ehre der Bibel alles Mögliche anwenden, um solche dort einheimische Vorstellungen und Gesinnungen, die unter

der Linie des Christenthums stehen, zu der Höhe desselben emporzu-
heben oder zu umgehen.

Es sind vorzüglich zwei Punkte, welche hier in Betracht kommen.
Der eine ist die nicht zu läugnende Beschränkung der alttestamentlichen
Ansicht, Bestrebung und Hoffnung auf dieses Leben, gemäss dem zur
Erfüllung des Gesetzes gegebenen Beweggrunde: „auf dass du lange
lebest im Lande, das dir der Herr, dein Gott, gibt" (2. Mos. 20, 12).
Der Hebräer wusste wohl von einem Leben nach dem Tode, aber es
war ihm ein hoffnungs- und trostloser Zustand, vor dem ihm grauete.
„Im Tode rühmt man dich nicht; in der Unterwelt, wer möchte dich
preisen!" (Ps. 6, 6. vgl. 30, 10). Daher suchte der hebräische Vergel-
tungsglaube den Lohn der Frömmigkeit noch in diesem Leben, und gab
den Verfolgten und Bedrängten den Trost, dass es bald mit ihren Feinden aussein, sie dagegen das Land besitzen würden. (Ps. 37, 10 f.).
Diese Beschränktheit der alttestamentlichen Ansicht wagen jene Neu-
Altgläubigen, z. B. Stier, nicht sich und Andern klar zu gestehen.
Gegen Hrn. Dr. Tholucks Bemerkung in seiner Erklärung der Berg-
predigt zu Matth. 5, 5: „Christus erweitere den Ausspruch des Psalmisten über dessen ursprüngliche Meinung hinaus", sagt Hr. St. II. 113:
„Nicht nur der Geist hatte das von Anfang gemeint, was Christus darin
lieset, sondern solche Hauptaufschlüsse durften gewiss auch den Propheten selbst, wie allen geistigen Israeliten, nicht fehlen." *) Und so möchte
dieser Ausleger gern schon den Israeliten den christlichen Glauben an
ein Leben nach dem Tode und ein jenseitiges Gericht beilegen, worüber
er S. 111 f. eine höchst verworrene Rede führt. Dass sich Spuren von
Ahnungen eines seligen Lebens bei Gott im A. T. finden, behaupten
wir selbst; aber der herrschende Glaube weiss davon nichts, und in
Stellen, wie die oben bemerkten, muss der Ausleger, wenn er redlich
sein will, die Hoffnungslosigkeit selbst eines Dichters wie David anerkennen.

Der zweite Punkt ist die zum Theil noch unlautere Gesinnung
mancher alttestamentlicher Frommen, die sich in Beziehung auf Selbstbe-
urtheilung als Stolz der Selbstgerechtigkeit oder doch allzugrosse Zu-

---

*) Herr St. macht hier einen Unterschied zwischen dem Geiste und den Pro-
pheten, wovon nachher.

versicht auf eigenes sittliches Verdienst und in Beziehung auf Nicht-
israeliten und selbst einheimische Feinde als Hass und Rachsucht ausspricht. Am auffallendsten ist letztere Gesinnung in den grässlichen
Verwünschungen Ps. 69, 23 ff. 109, 6 ff. ausgesprochen, aber auch am
schwersten fällt da den Uebergläubigen die Anerkennung. Hr. Stier
lenkt die Aufmerksamkeit seiner Leser von solchen Stellen dadurch ab,
dass er sie nach alter Weise typisch auf Christum deutet, und dabei
versichert, dass in Davids Seele selbst keine unreine, leidenschaftliche
Stimmung Statt gefunden habe. Ueber die typische Deutung nachher;
was aber die letztere Behauptung betrifft, so muss man absichtlich die
Augen zuthun, um ihr Glauben beimessen zu können.

Die geschichtliche Auslegung fasst solche Gesinnungen auf, wie
sie ausgesprochen sind, und der Wahrheit-liebende Leser muss sie anerkennen und in der Ordnung finden. Es war nicht die von Mose be-
absichtigte, aber natürlich nothwendige Folge des theokratischen, ge-
setzlichen Zustandes, dass die Liebe der Israeliten volksthümlich und
selbstisch beschränkt blieb, und der Hass neben ihr Raum gewann:
daher auch Christus dem mosaisch-pharisäischen: „du sollst deinen
Nächsten lieben und deinen Feind hassen" sein „liebet eure Feinde"
entgegensetzte, und somit zu erkennen gab, dass im Alten Bunde die
Sittlichkeit noch nicht zur Vollendung gekommen sei.

Es hat mit solchen in Worten ausgesprochenen, uns Christen
nicht zusagenden Gesinnungen dieselbe Bewandtniss, wie mit ähnlichen,
die sich in den Handlungen alttestamentlicher Personen, selbst der aus-
gezeichnetern und frömmern, eines Mose, Samuel, David, darstellen, und
die wir doch unmöglich nach alter Weise rechtfertigen und beschönigen,
sondern nur zu unsrer Warnung betrachten können. Warum sollen wir
nicht eben so gut die grausam-blutdürstige Aeusserung eines Dichters
wie Ps. 137, 8 f.: „Tochter Babels, du Verwüsterin! Heil dem, der dir
vergilt, was du uns zugefügt! Heil dem, der deine Kinder ergreift und
zerschmettert an Felsen", als die von David an den überwundenen
Ammonitern geübte Grausamkeit, missbilligend, „der Herzenshärtigkeit"
des damaligen Geschlechtes zuschreiben?

Es scheint, dass Ausleger, wie Hr. Stier, von dieser Ansicht
abgehalten werden durch falsche, übertriebene Vorstellungen von der

Eingebung der Psalmen. Zuvörderst sollte doch billig mit den Juden ein Unterschied zwischen der Eingebung der Propheten, die sich ausdrücklich auf das Wort Jehova's berufen und als Dolmetscher des göttlichen Willens, als Wortführer der öffentlichen Angelegenheiten und Wächter der Theokratie darstellen, und derjenigen der Psalmisten, welche keinen öffentlichen Charakter tragen, sondern die Gefühle ihres Herzens, oft über ihre persönlichen Angelegenheiten, aussprechen, gemacht werden. Zwar werden Dichter von den Hebräern auch Seher und Propheten genannt, und eine feste Grenze zwischen prophetischer und dichterischer Begeisterung lässt sich nicht ziehen; aber im Allgemeinen bestätigt sich doch der Unterschied, dass in den Psalmen mehr das Persönliche und Individuelle, als in den prophetischen Schriften hervortritt. Sodann ist es äusserst wichtig, sich das Verhältniss des im menschlichen Geiste wirksamen göttlichen Geistes zu der Thätigkeit des ersteren richtig zu denken. Nach einer oben angeführten Aeusserung hält Hr. Stier das Wissen des göttlichen Geistes und das der Propheten auf eine Weise auseinander, welche der gesunden psychologischen Ansicht widerspricht; und darin scheint uns der Grundfehler zu liegen, aus welchem seine so ganz ungesunde, verwirrte und verwirrende Auslegung der Psalmen hervorgegangen ist. Ich sehe mich genöthigt hierüber etwas weit auszuholen.

Ich glaube aufrichtig an eine Wirksamkeit des göttlichen Geistes im Alten Bunde, in Mose, den Propheten, Dichtern, frommen Königen. Es ist aber zu unterscheiden zwischen dem göttlichen Geiste, an sich in seiner ewigen Gottheit, und dem göttlichen Geiste, der sich im Menschen wirksam zeigt. Es ist derselbe Geist; aber in seinem An-sich-sein ist er vollkommen sein selbst bewusst, allwissend, unendlich, allmächtig, allheilig, in seiner Wirksamkeit im Menschen hingegen stellt er sich nicht in seiner reinen Göttlichkeit, sondern mit dem menschlichen Geiste, den er erregt, durchdringt und durchleuchtet, vermischt und somit nicht immer ganz bewusst, nicht ganz rein und heilig dar. Man darf sich in den heiligen Schriftstellern den Geist Gottes nicht in seiner Selbstständigkeit n e b e n dem menschlichen Geiste wirksam denken, auch nicht ein doppeltes Bewusstsein, das des göttlichen und das des menschlichen Geistes annehmen, sondern muss beide in und mit einander in

Einem Bewusstsein vereinigt denken. Gerade so dürfen wir auch in Christo, dem Sohne Gottes, Gottheit und Menschheit nicht auseinander halten, sondern müssen beide in innigster Vereinigung denken, so dass die reine Menschheit mit ihren reinen Gedanken, Gefühlen und Entschlüssen in vollkommene Harmonie mit der Gottheit aufgeht, und diese nur, weil unendlich, herrschend über jener steht, nicht aber eine getrennte Existenz neben ihr behauptet. Nun findet aber bekanntlich zwischen den Begeisterten des Alten Bundes und dem Sohne Gottes in Beziehung auf den einwohnenden Geist Gottes der Unterschied Statt, dass die erstern denselben nur im endlichen Maasse empfangen hatten, der letztere aber ohne Maass in sich trug (Joh. 3, 34), und dass mithin der menschliche Geist bei jenen nicht so ganz, wie bei diesem, vom göttlichen durchdrungen und durchläutert war.

Aus dieser allein richtigen Auffassung des Verhältnisses des göttlichen Geistes zum menschlichen fliesst nun nicht allein die Berechtigung, sondern auch die Verpflichtung zur geschichtlichen Auslegung, in welcher wir die heil. Schriftsteller des Alten (wie des Neuen) Bundes ganz nach den Gesetzen des menschlichen Vorstellungs- und Erkenntnissvermögens und nach den Verhältnissen der Zeitbildung und der geschichtlichen Entwickelung religiöser Ideen zu behandeln haben, und zwar nicht bloss in der Schule, auf gelehrte Weise, sondern auch in der Kirche, in erbaulicher Benutzung, weil diese sich auf die Ergebnisse der gelehrten Auslegung gründen muss.

Freilich sind die Regeln der grammatisch-historischen Auslegung von den rationalistischen Bibelforschern, die sie aufstellten und befolgten, zu flach und unvollständig gefasst worden, indem sie den Unterschied des Unmittelbaren und Mittelbaren, des Unbewussten und Bewussten im menschlichen Gemüthe unbeachtet liessen. In jedem gegebenen Augenblicke des inneren Lebens, im Augenblicke, wo ein Mensch Vorstellungen, Gedanken, Gefühle, Entschlüsse in sich hat und solche entweder in Worten oder Handlungen darstellt, tritt ein gewisser Kreis innerer Thätigkeit in die Helle des Bewusstseins, welche nach dem Gesetze der Endlichkeit an ihrer Grenze sich in Dämmerung und von da weiter ins Dunkle verliert. Dieses Dunkle ist das Unbewusste, Unmittelbare; und es verhält sich zu dem Hellen und Bewussten theils wie dessen Grund und Quelle (die bewussten Vorstellungen, Gedanken u. s. w. steigen auf gewisse Statt findende Anregungen aus dem tiefern Grunde des Gemüthes auf), theils wie dessen Vollendung (indem jedes Bewusste an sich beschränkt und begrenzt ist, sich aber in ein Unbegrenztes verliert). Um diess im Einzelnen klar zu machen, nehmen wir an, dass von einer gewissen, im Gemüthe aufsteigenden und in Worten ausgesprochenen Hoffnung, z. B. der Hoffnung, ruhig im Lande der Väter zu wohnen, die Rede sei. Diese Hoffnung ist in dem gegebenen Augenblicke bewusst oder mittelbar, und als solche beschränkt, auf ein endliches, irdisches Gut gerichtet. Aber sie geht aus einem tiefern, dunkeln Unmittelbaren, aus dem Bedürfnisse und Triebe der Gemüthsruhe, hervor, und verliert sich an ihrer andern Grenze wieder in ein dunkles Unendliches, das ebenfalls dem Unmittelbaren angehört, und das in diesem Fall die Ahnung des ewigen Friedens ist. Denn der Mensch kann in einem beschränkten, irdischen Gute eigentlich die Befriedigung des Gemüthes nicht finden; und wenn er sie darin findet, so geschieht es durch unbewusste Verwechslung des Beschränkten mit dem Unbeschränkten in der Aussicht auf die Zukunft: daher, wenn wir das gehoffte irdische Gut erreicht haben, die Hoffnung und das Streben sich entweder auf ein anderes Irdisches, oder wenn wir zum Bewusstsein gelangen, auf das Ewige richtet. Es ist nun allerdings für den grammatisch-historischen Ausleger der Bibel die nächste Aufgabe, dasjenige aufzufassen, was sich als bewusste Vorstellung der heil. Schriftsteller ankündigt, das Unbewusste aber, das damit zusammenhängt, und theils den Grund, theils die Vollendung von jenen bildet, darf nicht ausser Acht gelassen werden.

Jenes Bewusste im Einzelnen und Ganzen, als der nächste Gegenstand der grammatisch-historischen Auslegung, macht den eigenthümlichen Inhalt und Charakter des Alten Bundes oder des Hebraismus aus, dessen Mittelpunkt die Theokratie ist, jenes politisch-religiöse Leben, in welchem der Dienst Gottes nach Fähigkeit und Bedürfniss der damaligen Zeit geübt wurde, und welches eben darum unter dem Christenthum steht, indem es nicht nur Beschränktheiten, sondern selbst Unlauterkeiten enthält. Diese sind, wie gesagt, aufzufassen und anzuerkennen, aber nicht dem göttlichen Geiste, der im menschlichen wirksam war, sondern allein diesem zur Last zu legen, welcher noch nicht fähig war, das Göttliche ganz und rein in sich aufzunehmen. Dessen ist überhaupt der menschliche Geist nie fähig, weil die Sünde noch in ihm Wurzel hat; nur in Christo, dem sündlosen Menschen, durchdrungen sich vollkommen göttlicher und menschlicher Geist, und darum ward er der Mittler der vollkommenen Offenbarung. Das ist das kündlich-grosse Geheimniss des menschgewordenen Wortes Gottes, das wir nicht durch über- und abergläubige Zuhochstellung des Alten Bundes und seiner heil. Schriften in Schatten stellen dürfen.

Jedoch ist in gewissen Bestandtheilen dessen, was in den eigenthümlichen und klar begrenzten Kreis des Alten Bundes gehört, die göttliche Wahrheit ausgeprägt und der göttliche Geist in das menschliche Bewusstsein getreten: es sind dies die schon bemerkten allgemeinen Wahrheiten, die Lehren von Gott und der sittliche Gehalt des Gesetzes. In Beziehung auf diese Wahrheiten sind die Schriften des A. T. für die Belehrung und Erbauung des Christen unentbehrlich, und stehen mit den kanonischen Schriften des Neuen Bundes auf Einer Linie. Nur darf auch hier nicht übersehen werden, dass sich an das Allgemeine gewisse Besonderheiten und Beschränkungen anlegen, und die reine Erkenntniss durch manche menschliche (antropopatische), zeitliche und volksthümliche Vorstellungen und Gesinnungen getrübt ist. Die Idee des höchsten Gottes, des Schöpfers des Himmels und der Erde, ist fast immer durch die volksthümliche Vorstellung des israelitischen Volksgottes beschränkt; das rein Sittliche ist mit Gesetzlichem vermischt. Manchmal aber haben die Propheten und Dichter diese Wahrheiten reiner aufgefasst und sich fast ganz im christlichen Sinne darüber ausgesprochen; wohin von den Psalmen Ps. 50. 51. (zum Theil) 32. 139. gehören.

Sodann reicht der Alte Bund, ebenfalls auf bewusste Weise, in den Neuen hinüber mit seinen directen oder unmittelbaren messianischen Weissagungen, obschon diese mit ihrer bewussten Vorahnung der künftigen Weltordnung, nur den gotterleuchteten Sehern angehören und über den Kreis des Hebraismus hinüberstreben; auch gehen sie nicht mit Bewusstsein so auf Christum, dass dieser darin als historische Person in seiner geschichtlichen Wirklichkeit geschaut und gezeichnet wäre, sondern bewusst sind sie nur in sofern, dass darin eine ideale Zukunft in allgemeinen Umrissen, obschon noch zum Theil mit alttheokratischen Farben, geschaut und geschildert ist. Dass es solche Weissagungen gibt, ist allgemein anerkannt, obgleich deren Anerkennung im Einzelnen streitig ist. Besonders sind diejenigen, die man von Alters her in den Psalmen findet, streitig, und ich selbst kann keine darin erkennen, hauptsächlich aus dem schon anderwärts im Psalmen-Commentar angegebenen Grunde, weil die Idee des Messias, die sonst (bei den Propheten), der Natur der Sache nach, als durch das Bedürfniss des Trostes und der Hoffnung veranlasste und den Gesichtskreis der Gegenwart übersteigende Aussicht in die Zukunft erscheint, in den angeblichen messianischen Psalmen als etwas schon Vorhandenes und Gegenwärtiges oder wenigstens als nichts an die Gegenwart Angeknüpftes und durch die Bedürfnisse Veranlasstes vorkommen würde. Im 2. Ps. z. B. wäre der Messias als schon herrschend gedacht, und die Völker wollten sich gegen ihn empören: der Dichter hätte also nicht nur die Gegenwart, in welcher er stand, sondern auch die ferne Zukunft, in welcher der Messias auftreten sollte, übersprungen, und hätte sich in einen Zustand versetzt, von welchem damals Niemand eine Ahnung fassen konnte, und dessen Verkündigung sich nicht auf die Gegenwart bezogen hätte. *) Gegen die (freilich von Hrn. Stier, Tholuck u. A. aufgegebene) Fassung mancher anderer Psalmen (wie Ps. 22.) als direkter Weissagungen ist einzuwenden, dass die darin angeblich sich findenden messianischen Vorstellungen nicht das sonst gewöhnliche naturgemässe Gepräge einer Steigerung und Verklärung theokratischer Ideen tragen. Das Leiden Christi in Ps. 22. (das sich übrigens mit der neutestamentlichen Idee übel zusammenreimt), steht in keiner Analogie mit der Idee eines theokratischen Siegers und Vollenders, wie der Messias sonst gedacht wird. Ganz vom Hebraismus abgelöst und gleichsam in der Luft schwebend,

---

*) Herr Dr. Tholuck (Beil. z. s. Comment. d. Briefs an die Hebr. S. 9) findet nur noch in Ps. 2. und 110. directe messianische Weissagungen, und führt dafür Gründe an, die durch den obigen, von ihm nicht berücksichtigten Gegengrund, wenn er richtig ist, ihre Kraft verlieren. Indessen scheint Hr. Th. selbst den Begriff der directen Weissagung in Beziehung auf jene Psalmen nicht festzuhalten und in den der vorbildlichen überzuschwanken, wenn er darin „die aus der Vergangenheit selbst heraufkeimende Zukunft" findet.

Niemandem frommend, weil von Niemandem verstanden, wäre auch der messianische Sinn von Ps. 8, wie ihn v. Meier und Stier fassen: „die Erniedrigung und Erhöhung des von Gott heimgesuchten Menschensohnes, d. i. der Menschheit in Christo." *)

---

*) Obgleich diese Erklärung des Ps. schwerlich selbst von allen „gläubigen" Exegeten gebilligt werden wird (Hengstenberg wenigstens hat ihn nicht unter den messianischen Psalmen aufgeführt, Tholuk zählt ihn nicht darunter, und selbst der jetzt wieder auch als Exeget des A. T. hochverehrte Calvin bleibt weit dahinter zurück), so ist es doch belehrend sie ein wenig zu beleuchten. Vs. 2. 3, „Jehova, unser Herrscher, wie herrlich ist dein Name auf der ganzen Erde, dess Hoheit sich erstreckt über den Himmel! durch der Kinder und Säuglinge Mund gründest du dir Ruhm" etc. — diess ist nach Hrn. St. nicht im Sinne von Ps. 19. von der Herrlichkeit Gottes, als des Schöpfers Himmels und der Erde, welchen Alle, selbst Kinder und Säuglinge, preisen, sondern von der zukünftigen Verherrlichung Gottes in der Wiederherstellung des Menschen in Christo zu verstehen, indem das „auf der ganzen Erde" prophetisch auf die Zeit, wo nicht bloss in Israel, sondern auf Erden überhaupt Gottes Ehre an dem erhöhten Menschensohn erscheinen wird, das „über den Himmel" auf die überhimmlische Herrlichkeit, welche Gott am Menschen offenbaren wird, und die „Kinder und Säuglinge" auf die Jünger Christi als μικροί und νήπιοι (ganz gegen Matth. 21; 16) gedeutet werden. Auf diesen Standpunkt sich zu stellen ist wenigstens vor der Hand im Texte kein Grund vorhanden, vielmehr spricht alle Analogie für den gewöhnlichen. — Vs. 4 werden die vom Dichter angeschauten „Himmel, Mond und Sterne, das Werk der Finger Gottes", gewöhnlich, dem natürlichen, einfachen Sinne nach, von der Schöpfung der sichtbaren Welt, in welcher jene Herrlichkeit Gottes erscheint, verstanden; nach Hrn. St. aber ist damit die neugeschaffene, zukünftige, verklärte Welt, welche Christo und in Christo dem Menschen unterthan ist, gemeint; und auf diesen übersteigenen Sinn leitet ihn die Vergleichung der verdrehten Verheissung an Abraham (1. Mos. 15, 5.): „Also (wie die Sterne am Himmel) soll dein Same werden", d. h. nicht bloss: so zahlreich (wofür ja schon Cap. 13, 16: „wie der Staub auf Erde" — aber Hr. St. übersieht, dass der ausdrückliche Vergleichungspunkt der Sterne und des Samens die Unzählbarkeit ist: „Schaue gen Himmel und zähle die Sterne, wenn du vermagst sie zu zählen"), „sondern auch so herrlich und himmlisch verklärt". — Alle diese Künsteleien und Unnatürlichkeiten verdanken ihren Ursprung dem Widerstreben gegen den von der gewöhnlichen und allein richtigen Erklärung in Vs. 5—9 gefundenen Gedanken, dass dieser erhabene Weltschöpfer den ihm gegenüber so geringen Menschensohn mit Herrlichkeit und Würde gekrönt habe, oder den Gedanken der Menschenwürde, weil diese angeblich mit dem Falle des Menschen und der sonst in der Bibel geschilderten Nichtigkeit und Niedrigkeit desselben unverträglich sei, wesswegen diese Verse entweder von Christo selbst oder von der Menschheit in Christo erklärt werden müssten. Aber während nach der gewöhnlichen Erklärung, der Ansicht der damaligen Zeit ganz gemäss, diese Menschenwürde äusserlich gefasst und in die Herrschaft über die Thiere gesetzt wird, die der Mensch auch wirklich behauptet (schief und höchstens halbwahr ist Meyers Bemerkung: „Der Mensch weiss nicht einmal mehr dem zahmen Schaf zu gebieten; viel weniger dem Gewild.

Ueberhaupt ist für die Anerkennung der im A. T. befindlichen klar bewussten Aussprüche über die künftige Vollendung die Regel festzuhalten, dass wir dabei nie den Standpunkt ausser dem A. T. nehmen, und das Christliche nur in so weit darin finden dürfen, als es sich gleich einer Knospe aus ihrer Hülle hervorwinden will. Es gibt allerdings Weissagungen, welche die Ideen des christlichen Lebens in durchsichtiger Klarheit enthalten; wie die des Jeremia (31, 31 ff.) von dem neuen ins Herz geschriebenen Bunde, der allgemein verbreiteten Gotteserkenntniss und der Vergebung der Sünden; die des Joel (3, 1 ff.) von der allgemeinen Ausgiessung des göttlichen Geistes. Aber diese Ideen sind naturgemäss aus dem Hebraismus hervorentwickelt, indem der Zweck des Gesetzes keineswegs war, bloss als Buchstabe, sondern als Geist aufgefasst zu werden, und der göttliche Geist, der in den Propheten auf auszeichnende Weise wirksam war, nur die Erhöhung des Lebens in und mit Gott war, wohin die ganze Theokratie strebte. Dabei darf aber auch nicht ausser Acht gelassen werden, dass diese zu solcher Höhe sich erhebenden Weissager mit andern Hoffnungen noch ganz auf dem Boden des Hebraismus stehen, indem Jeremia (in demselben Cap. Vs. 36) das ewige Bestehen Israels — und nicht bloss des geistlichen! — als des Volkes Gottes, und anderwärts (33, 17. 26.) die Ewigkeit der davidischen Dynastie — ebenfalls im eigentlichen Sinne — und Joel (4, 1 ff. al. 3, 6 ff.) ein Gericht über die Völker ganz im alttheokratischen Sinne weissagt. Dass sich an Gedanken künftiger Voll-

---

Er muss zwingen und überlisten; sie hören ihn nicht, kennen ihn nicht. Er muss diese Rebellenwelt würgen, um nicht ihr Opfer zu sein. Jene sanfte Herrschaft, wo das Thier auf seinen Namen [1. Mos. 2, 19. 20. — aber da ist bloss vom Nennen der Thiere die Rede] und auf das seiner Natur gemässe Wort gehorchte, hat der Mensch verloren": so soll nach dieser geistlichen Erklärung die Herrschaft des Menschen über „Schafe und Rinder" u. s. w. Bezeichnung jener Unterwerfung der Welt unter Christi und der Seinigen Herrschaft sein — was doch gewiss jedem gesunden Sinne widerstreitet, und wobei der wichtigste Gedanke der geistigen, sittlichen Verherrlichung der Menschheit in Christo ganz mangeln und somit der Ps. den angeblichen Zweck einer Vorenthüllung des Zukünftigen ganz verfehlt haben würde. Wenn wir hingegen „auf der exegetischen Heerstrasse" (die doch wenigstens kein Winkel- und Irrweg ist) bleiben und den Gedanken des Dichters in seiner zeitgemässen Beschränkung fassen: so können wir in der äusserlichen Würde des Menschen allerdings durch natürliche Erweiterung auch die innere sittliche Würde, die er in Christo hat, finden; wovon weiter unten.

kommenheit und Glückseligkeit im Alten Bunde theokratische, zeit- und volksthümliche Beschränktheiten anlegen, kann man nicht anders als naturgemäss finden, es sei denn, dass man ganz gegen die Geschichte und den Willen Gottes das Christenthum schon vor das Christenthum setzt und somit dessen Eigenthümlichkeit (wie die des Hebraismus) vernichtet. Verlässt man freilich den Boden der Geschichte, so wird man sich auch nicht entblöden, christliche Ideen, welche die alttheokratischen nicht nur übersteigen, sondern ihnen schnurstracks zuwiderlaufen, so dass sie den Juden ein Aergerniss waren und noch sind, wie die des leidenden Messias, im Alten Testamente zu finden. Es gilt dagegen die oben angeführte Stelle Hebr. 8, 7: „So der erste Bund untadelig gewesen wäre, würde nicht Raum zu einem andern gesucht", so wie auch die ähnliche Hebr. 7, 11, obgleich sie unmittelbar nur vom Priesterthume handelt: „Ist nun die Vollkommenheit durch das levitische Priesterthum geschehen: was ist denn weiter Noth zu sagen, dass ein anderer Priester aufkommen solle nach der Weise Melchisedeks und nicht nach der Ordnung Aarons?" Enthielte der Alte Bund schon alles, was der Neue darstellt: wozu wäre dann die Erscheinung Christi nöthig gewesen? Höchstens käme Christo das Verdienst der Erfüllung dessen zu, was die Propheten, über ihm stehend, geweissagt hätten. Aber er erfüllte nicht bloss, er offenbarte auch. Und die Propheten standen so wenig über ihm, dass sie, wie er selbst sagt, nur bis auf Johannes prophezeit, d. i. vorhergesagt hatten, und dieser, der grösste der Propheten, zwar dem Reiche Gottes am nächsten, aber doch dem Geringsten in diesem Reiche nachstand, weil er dessen geistige Herrlichkeit nicht fassen konnte (Matth. 11, 11 ff.).

Was insbesondere das Leiden Christi betrifft, so verkehrt man ganz dessen Bedeutung und reisst es vom Leben ab, wenn man es im Alten Bunde deutlich geweissagt findet. Es ist dem Menschen natürlich, die Vollkommenheit und Glückseligkeit, wozu er bestimmt ist und wornach er sich sehnt, auf naturgemässem, politisch-sittlichem Wege, auf dem Wege der That, mittelst Ueberwindung des Widerstrebenden durch die gesunde, gottgefällige Kraft des Geistes und die ihm zu Gebote stehenden Naturmittel (Macht und Gewalt) zu erstreben und deren Erreichung zu hoffen. Dieser Weg ist von Gott allen Völkern und war auch durch das Institut der Theokratie dem hebräischen Volke vorgezeichnet. Da diesem aber die Erreichung des höher als andern Völkern gesteckten Zieles nicht gelang, so trat die Sehnsucht und Hoffnung in der Erwartung eines Messias ein, der das bisher nicht Gelungene durch höhere Kraft und besondern Beistand Gottes herbeiführen sollte, aber auf demselben Wege, durch Unterwerfung alles Widerstrebenden unter den Willen Gottes, durch siegreiche Macht. Und als Christus erschien, so erwarteten Alle, selbst die Apostel, dass er das Reich Israels wiederherstellen werde. Niemand (auf die Erörterung der Aussprüche Simeons Luk. 2, 35 und des Täufers Joh. 1, 36, welche allein eine Ausnahme machen, können wir hier nicht eingehen) dachte daran, dass die Erfüllung der lange genährten Hoffnung allein durch Entsagung, durch Kreuz und Leiden gewonnen werden könne, und dass der, welcher das Heil bringen sollte, es durch einen blutigen Tod gewinnen müsse. Christus selbst konnte nicht gleich von vorne herein verkündigen, dass er durch Leiden zu seiner Herrlichkeit eingehen müsse, sondern musste, obschon nicht auf politischem, aber doch auf sittlichem Wege, wirken und die Besserungs- und Thatkraft der Menschen in Anspruch nehmen. „Thut Busse, denn das Himmelreich hat sich genahet!" — „Gehet ein durch die enge Pforte!" — „Nehmet mein Joch auf euch und lernet von mir!" mit solchen Reden wandte sich Jesus an das Volk; und wenn es erkannt hätte, was zu seinem Heile diente, und ihn als Lehrer und Führer anerkannt und angenommen hätte, so wäre Christus nicht gestorben. Er musste wünschen und dahin wirken, dass er anerkannt würde, obschon ihn der Wille Gottes und der Drang der äussern Nothwendigkeit zum Tode führte. Er musste einen Kampf kämpfen, eine Entscheidung herbeiführen, seine Verwerfung erfahren, und in Folge des ewigen, schon im A. T. (besonders Jes. 53) abgespiegelten, obschon nicht klar vorgeschriebenen Gesetzes, dass das Höchste nur durch Entsagung und Leiden zu gewinnen ist, den Opfertod leiden. Aber er konnte eben so wenig geradezu den Leidensweg einschlagen und sich gleichsam in den Tod stürzen, ohne vorher den Weg der That versucht zu haben, als die alten Seher vorhersagen konnten, dass das Heil, das sie zu eigenem und Anderer Troste von der Zukunft hofften, in dieser nicht so, wie sie es hofften, in That und Wirklichkeit, sondern umgekehrt durch Entsagung und Leiden bloss im Glauben gewonnen werden würde. Es war die Erlösung der Menschheit durch den Tod Jesu ein Geheimniss, das sich erst in der Geschichte und durch die Geschichte enthüllen konnte, und das nur auf naturwidrigem Wege und noch dazu auf unnütze Weise, weil von Niemandem verstanden, durch die Propheten hätte enthüllt werden können.

Neben diesem Gebiete des Bewussten in klar begrenzter Erkenntniss und hochstrebender Hoffnung gibt es nun aber auch im A. T. ein grosses weites Gebiet des Unbewussten oder Unmittelbaren, in welchem sich der göttliche Geist auf geheimnissvolle Weise regt, indem er die Gemüther der Begeisterten und Frommen mit Ahnungen, die sie selbst nicht zu beherrschen, nicht klar und rein auszusprechen, kaum zu stammeln vermögen, erfüllt, sie in einem Lebenselemente bewegt, das sein schöpferischer Hauch nach ihnen unbekannten Urbildern fort und fort gestaltet, und sie als unbewusste Werkzeuge seines Waltens und als Darstellungen des von Stufe zu Stufe im Kampfe mit dem Geiste der Welt fortentwickelten, in Christo die Vollendung erwartenden göttlich-menschlichen Lebens braucht.[*])

Dieses Unbewusste suchte die ältere allegorisch mystische Auslegung zu erfassen, aber auf ungeschickte, willkürliche Weise; die grammatisch-historische Auslegung der Neueren liess es aus Abneigung gegen den damit getriebenen Missbrauch und aus allzugrosser Verständigkeit unbeachtet, indem sie darauf drang, dass es nur Einen

---

[*]) Hieher gehört die schöne, wenn auch nicht ganz genau in unsren Gedankengang passende Bemerkung des leider zu früh vollendeten Billroth z. 1. Kor. 1, 19: „Man muss die Ansicht festhalten, dass das A. T. im Ganzen und Grossen Typus des N. T. ist, so dass z. B. die Weissagungen der Propheten auf den Messias nicht so zu fassen sind, als ob die Schriftsteller sich bewusst auf den historischen Christus, der unter der Regierung des Kaisers Augustus geboren ward, bezogen hätten, sondern so, dass in den Worten, die sie sprechen, sich derselbe Gottesgeist ausspricht, der die ganze Geschichte organisch durchdringt, und der mithin auch im Christenthum erschienen ist. Diese organische Auffassung und Auslegung historischer Erscheinungen, welche in historisch-philologischer Hinsicht sich durchaus von dem Fehler frei hält, dass sie Zeiten und Menschen ein bewusstes Wissen unterlegt, welches erst spätere haben konnten, ist überall anzuwenden, namentlich auch in der wissenschaftlichen Darstellung der Mythologie." Vgl. auch die lichtvolle Auffassung der Sache in der schönen Abhandlung des Hrn. Dr. Bleek in theol. Stud. und Krit. 1835. II. S. 453 f. 459 f.

Sinn der heil. Schrift, den grammatisch-historischen, geben könne; dagegen haben die Neuesten, Hr. Dr. Olshausen (über tiefern Schrift-
sinn 1824), Hr. v. Meier, Stier und Andere ihre Aufmerksamkeit
wieder darauf gelenkt, und den Unterschied eines Ober- und Untersinnes geltend gemacht. Darin haben sie Recht, wenn sie, wie wenigstens Hr. Olshausen, darauf halten, dass dieses nicht zwei Sinne
neben einander, sondern nur zwei Seiten des einen und
selben Sinnes seien. *) Ich selbst habe diese tiefere Auslegung
längst anerkannt und geübt (Ueber die symbolisch-typische Lehrart des
Briefes an die Hebräer, Berliner theol. Zeitschrift III. 15 ff., Bemerk.
z. Ps. 2. 8. 16 u. a.), will mich aber ausführlicher und zwar, um der
Klarheit willen, polemisch gegen Hrn. Stier, der sie ganz gemissbraucht
hat, darüber aussprechen.

Das Unbewusste, das wir im A. T. anzuerkennen und aufzufassen
haben, ist seiner Natur nach stets ein Allgemeines, Unbestimm-
tes, Schwebendes, welches dem Besondern und Bestimmten, nach
der oben gegebenen psychologischen Erläuterung, zum Grunde liegt und
darüber schwebt; und zwar ist dieses Allgemeine theils das Allgemein-
Menschliche, welches das Band bildet, das uns als Menschen mit
den Hebräern verbindet und unser Mitgefühl mit ihren geistigen Zu-
ständen und Bestrebungen begründet, theils dasjenige, was ausser jenen
allgemeinen klar bewussten Wahrheiten und den deutlichen Weissagungen auf Christum den Alten Bund mit dem Neuen verknüpft
und das Lebenselement ausmacht, in welchem sich die Entwickelung
des einen zum andern fortbewegt.

---

*) „Es wird dem eigentlichen Wortsinn nicht ein zweiter Neben- oder Unter-
sinn μεταφορικῶς entgegengesetzt; denn nicht aus einer Zweideutigkeit des Buchsta-
ben nach den Gesetzen der Wort-Hermeneutik soll Typus und Weissagung heraus-
oder in dieselben hinein exegesirt werden, wird auch nicht von den Aposteln bei ihren
Citationen, sondern das in den Worten gegebene wird aus dem Geiste, von welchem
φερόμενοι ἐλάλησαν, nach Geistes-Hermeneutik gewürdigt." Tob. Beck über messianische Weissagungen und pneumatische Schriftauslegung in Tübing. Zeitschr. 1831.
III. 79. Jedoch ist die „pneumatische Schriftauslegung" des Hrn. Prof. Beck etwas
anders als die oben besprochene; es ist diejenige, welche in dem „besondern historischen Elemente das allgemein ideale, wie es aus dem Gesammtorganismus der theokratischen Oekonomie hervorgeht", auffasst. Obige Auslegung scheint Hr. B. die
allegorisirende zu nennen.

Seiner Form nach erscheint dieses Unbewusste theils in vorbildlichen Weissagungen, theils in Vorbildern, welche entweder
in Personen und Thatsachen, oder in symbolischen Instituten
und Gebräuchen bestehen. Beide, vorbildliche Weissagungen und
Vorbilder, laufen auch ineinander dann, wenn vorbildliche Personen in
dichterischer oder prophetischer Rede sich selbst aussprechen oder von
Andern dargestellt werden. Eine vorbildliche Weissagung ist z. B.
Jes. 53 (das ich vom Collektivum der Propheten erklären zu müssen
fest und standhaft überzeugt bin), worin die zum Heile des Volkes Leidenden, selbst Vorbilder Christi, auf vorbildliche Weise vom Propheten
geschildert werden. Man ist gewohnt, die Vorbilder, sowohl die in Instituten als in Personen, als Veranstaltungen Gottes zu betrachten.
Diese Ansicht ist nicht falsch, aber sie führt leicht in eine ungehörige,
weil uns nicht mögliche Erforschung der unergründlichen Absichten des
Weltregierers, und beschäftigt mehr den Verstand als das Herz. Be-
scheidener, auch fruchtbarer und anregender ist es, die Vorbilder, wie
die vorbildlichen Weissagungen, unter Eine Ansicht zu stellen und beide
als Wirkungen des in der Tiefe des alttestamentlichen Lebens schaffen-
den, und in den Hüllen der zeit- und volksgemässen Lebensformen das
Höhere vorbereitenden göttlichen Geistes zu betrachten. So dringen
wir mitfühlend in das Leben der alten Welt ein, fühlen gleichsam den
heiligen Pulsschlag desselben, erfassen den innern göttlichen Quellpunkt,
und ziehen daraus für uns selbst Anregung und Nahrung. — Auch die
Annahme einer göttlichen Intention (Tholuck a. a. O. S. 20) hat
ihr Bedenkliches.

Diese Ansicht der Vorbilder als göttlicher Veranstaltungen oder
Intentionen kann auch leicht dahin führen, darin etwas Bewusstes zu
finden, was durchaus falsch ist. Es ist ungemein wichtig, sich mit dem
Gedanken, dass sie dem Gebiete des Unbewussten angehören, ver-
traut zu machen. Wollten wir z. B. die Vorbilder, die wir in den von
Mose gestifteten heiligen Symbolen der Stiftshütte, der Opfer u. s. w.
finden, als ihm bewusst ansehen, so würden wir ihn auf eine ungebührliche Weise über den Gesichtskreis seiner Zeit hinausstellen. Er
stand allerdings über seiner Zeit, insofern er wusste und schuf, was ihr
nöthig und dienlich war, insofern er religiöse Ideen in Symbolen, die

für sie passten und fasslich waren, darstellte; aber die ganze Fülle
dieser Ideen, welche erst in Christo wirklich wurde, konnte er nur unbewusst in sich tragen; unbewusst in der Tiefe des Geistes berührte
er mit diesen Symbolen die ferne vollendende Zukunft. Hätte er sie
bewusst in sich getragen, so hätte er sie auch in der Wirklichkeit darstellen müssen.

Noch viel eher wird man zugestehen, dass diejenigen Vorbilder,
welche sich in menschlichen Handlungen und Leiden, z. B. Davids,
darstellen, den betreffenden Personen unbewusst waren. Sie gingen aus
einem dunkeln Ringen des Geistes Gottes mit dem Menschengeiste, rein
geistiger Triebe mit fleischlichen, eines frommen Strebens mit gottlosem
Entgegenstreben hervor. Wohl mögen dabei sittliche Zwecke, wie die
Heilsamkeit der Leiden (vgl. Spr. 3, 12), ins Bewusstsein getreten sein;
aber unmöglich konnte das Vorbild sein Nach- oder Urbild im Bewusstsein erfassen und den Begriff dessen, was über ihm stand, in sich selbst
erzeugen. Vorbilder sind bloss für uns da, die wir sie mit christlichem
Bewusstsein betrachten und die darin liegende höhere Bedeutung erkennen.

Eben so sind nun auch die vorbildlichen Weissagungen als unbewusst zu betrachten: sie sind nicht „Sache eigener Auflösung", d. i.
eigenes, bewussten Verständnisses, noch „aus menschlicher Willkür"
oder willkürlichem (reflectirtem) Bewusstsein, sondern aus dem, den
Menschengeist über sich selbst und seine Schranken erhebenden Geiste
Gottes hervorgegangen (2. Petr. 1, 20 f.). In dieser Schriftstelle ist von
allen Weissagungen überhaupt gesprochen, und wir könnten mit derselben in Widerspruch zu gerathen scheinen, da wir klar bewusste Weissagungen annehmen (s. oben); allein (wie schon dort bemerkt) auch
diese haben eine unbewusste Seite, verlieren sich über die bewusste
und begrenzte Vorstellungssphäre hinaus ins Unbewusste, sagen mehr
als die, welche sie aussprachen, sagen wollten, und berühren mit diesem Unbewussten das Christliche tiefer und inniger als mit dem Bewussten. Z. B. die Ideen des Friedens, der Versöhnung, welche in
den messianischen Weissagungen vorkommen, sind, insofern sie bewusst
sind, nicht im rein christlichen Sinne zu nehmen; aber es liegt ihnen unbewusst etwas Tieferes zum Grunde, das sich dem Christenthum mehr nähert,

Wollte man den vorbildlich weissagenden oder den Untersinn als bewusst auffassen, so würde man den Begriff des Vorbildlichen aufheben, statt einer vorbildlichen indirecten eine eigentliche directe Weissagung annehmen, und den Untersinn zum Obersinne machen.

Diess thut Hr. Stier. Er hat zwar den richtigen (auch von Hrn. Dr. Tholuck a. a. O. S. 12 aufgestellten) Gedanken, dass man mehrere, bisher als directe Weissagungen auf Christum betrachtete Psalmen nur im vorbildlichen Sinne deuten müsse, indem man den Obersinn auf geschichtliche und persönliche Umstände, den Untersinn aber auf Christum zu beziehen habe. *) Aber er bleibt diesem guten Gedanken in der Ausübung nicht treu, und begeht die grössten Fehler. Er fasst, wie gesagt, den Untersinn ganz widerrechtlich als einen bewussten (II. 113 s. oben), wie er denn auch den göttlichen Geist und den der Propheten auf ungebührliche Weise auseinander hält. **) Er stellt durch einen verwandten Fehler den Untersinn, gegen den richtigen Grundsatz der Einheit des Sinnes, neben den Obersinn, und nimmt oft geradezu einen Doppelsinn an, wobei er in die ärgsten kabbalistischen Albernheiten verfällt. Z. B. Ps. 49, 15 deutet er dasselbe Zeitwort einmal unpersönlich, und dann wieder nach dem sogenannten Untersinne persönlich; Ps. 68, 10 bezieht er dieselbe Form eines Zeitworts einmal auf die Vergangenheit, und dann wieder auf die Zukunft. Ein solcher grammatischer Doppelsinn ist nach den Gesetzen des Vorstellungsvermögens selbst da kaum möglich, wo man mit Absicht doppelsinnig schreibt, geschweige

---

*) Es wäre interessant zu wissen, wie Hr. Dr. Hengstenberg jetzt, nachdem er laut der Vorrede zum III. Theil der Christologie d. A. T. seine Ansichten etwas geändert hat, die früher als directe Weissagungen behandelten Pss. ansehe. Eine offene Erklärung in jener Vorrede wäre zu wünschen gewesen.

**) Hrn. Tholuck, welcher a. a. O. S. 15 einen Unterschied bewusster und unbewusster typischer Weissagungen annimmt, können wir nicht beitreten. Die als Beispiel angeführten Hoffnungen, mit denen Ps. 22 schliesst, sind allerdings bewusst, insofern sie die Idee des allgemeinen Siegs der Verehrung des wahren Gottes enthalten (so wie auch Jes. 2, 1 ff.); aber insofern sie typisch auf die Verwirklichung dieser Idee in Christo gehen, sind sie unbewusst. Eben so „das über den alttestamentlichen Standpunkt weit hinaus greifende Wort des Psalmisten Ps. 40, 7. 8, dass an die Stelle der Thieropfer das Selbstopfer (richtiger: das Opfer des Gehorsams) treten werde". Mit uns einverstanden erklärt sich Hr. Bleek a. a. O. S. 458 gegen die Annahme eines Bewussten in dergleichen Weissagungen. Er findet ein solches Getheiltsein der Operation des Gemüths des Dichters undenkbar.

denn in diesen Fällen. Da der Untersinn Hr. St. mehr, als der Obersinn anzieht, so setzt er jenen ausführlicher als diesen auseinander, wie er denn immer den Inhalt der Psalmen nach der vorbildlichen Deutung angibt, und stellt so die natürliche Deutung auf eine ungebührliche Weise in den Hintergrund, so dass nicht selbstdenkende Leser den natürlichen, geschichtlichen Inhalt, der doch unstreitig der wichtigste ist, aus dem Augen verlieren, was gerade so ist, als wenn man, anstatt den Charakter und die Lehre des Socrates zu studiren, sich gleich von vorne herin mit einer Parallele zwischen ihm und Christo beschäftigen wollte. Das ist freilich nur ein Fehler in der Form. Aber Hr. St. lässt sich von seiner Vorliebe für den Untersinn so weit verleiten, dass er denselben geradezu an die Stelle des Obersinnes setzt, wovon ein auffallendes Beispiel die Fassung von Ps. 22, 23 ff. ist. Während diese Stelle nach der richtigen historischen Erklärung das Dankgelübde des Bedrängten auf den Fall seiner Rettung aus der Hand seiner Feinde enthält, sieht sie Hr. St. als die Danksagung des Messias für seine Auferstehung an, wobei die gar nicht im Psalm liegende Voraussetzung, dass der Bedrängte den Tod erleiden wolle und werde, gemacht, die von ihm erbetene und gehoffte Rettung vom Tode mit der Auferstehung (zwar auch einer Rettung vom Tode, aber dem freiwillig erlittenen) verwechselt, und in den Psalm die christliche Idee des Heiles durch den Tod hineingelegt wird, während er bloss die Idee enthält, dass die Rettung des Frommen vom Tode der Sache der wahren Religion heilbringend sein werde. Offenbar ist dadurch die Einheit des Ganzen verletzt, welche anerkannter Maassen auch bei dieser Auslegungsart bewahrt werden muss. Aber dagegen sündigt Hr. St. anderwärts noch viel schwerer, z. B. bei Ps. 102, 26. Er ist mit allen bisherigen Auslegern darüber einverstanden, dass dieser Psalm sich auf die Noth des israelitischen Volkes im Exil beziehe, nimmt aber diese Noth als Typus des Leidens Christi und seiner Gemeinde. Angenommen nun, dass diese Deutung statthaft sei, so redet dieses geschichtlich-ideale Subject, Israel-Christus, nach dem natürlichen Zusammenhange von Anfang bis zu Ende. Nach der Klage über seine Leiden erhebt es sich Vs. 13 an der Idee der Ewigkeit Gottes zur Hoffnung der Wiederherstellung Zions; und so kehrt auch Vs. 25 dieselbe erhebende Idee wieder: „Durch alle Geschlechter dauern deine Jahre“.

Vs. 26: „Vor Zeiten hast du die Erde gegründet, und deine Hände Werke sind die Himmel", u. s. f. Vs. 27. 28, woran sich die Hoffnung schliesst Vs. 29: „Die Söhne deiner Knechte werden im Lande wohnen, und ihr Same vor dir bestehen." Aber diesem deutlichen Zusammenhange und dem gesunden Menschenverstande zum Spott fasst Hr. St. jene Worte: „Durch alle Geschlechter dauern deine Jahre" als Anrede Gottes an den Messias, den bisher Erniedrigten und nun Erhöheten. Freilich hat ihn, obschon ohne Noth, zu dieser monströsen Erklärung die Autorität des Briefs an die Hebr. bewogen, wo (1, 10) diese Stelle ausdrücklich als Anrede an den Sohn gefasst wird.

Nicht minder als dem Zusammenhange widerstreben manche tiefern Erklärungen Hrn. St's dem ganzen Ideen-Kreise des Psalms, wie z. B. die von Ps. 147, 15 ff. Es ist sonnenklar, dass dieser Psalm in der Zeit der Wiederherstellung des jüdischen Staates gedichtet ist und sich darauf bezieht. Nun kann der Sinn desselben zwar durch Erweiterung auf das christliche Zion bezogen werden, dabei darf man aber nichts hineinlegen, was nicht darin liegt. Gott wird darin zugleich als Wiederhersteller Zions und als Erhalter der Schöpfung gepriesen — ein sehr schöner Parallelismus. So Vs. 8 ff.: „Der den Himmel decket mit Wolken, Regen bereitet der Erde" u. s. w. Und dann auch wieder Vs. 15 ff., wo die Naturphänomene des Schnee's, des Frostes und des Thauwetters als Wirkungen des göttlichen Allmachts-Wortes genannt werden. Man sollte denken, dass diess fruchtbar genug wäre für die erbauliche Behandlung. Aber damit ist Hr. St. nicht zufrieden. Im Eise findet er das Bild des harten, kalten Gesetzes, und im Thauwetter den warmen Gnadenthau des Evangeliums. Dabei macht ihm nun die Schlussstelle Vs. 19 f. nicht wenig zu schaffen; denn diese Worte: „Er that Jakob kund sein Wort — — Nicht also that er allen Völkern, und Rechte, sie kennen sie nicht" tragen ganz das ausschliessende Gepräge des A. T. an sich, und weisen jenen Gegensatz der alten und neuen Offenbarung bestimmt ab. — Unnatürlich ist es, die Stelle Ps. 49, 8: „Den Bruder nicht vermag der Mensch zu lösen (vom Tode) auf die Loskaufung vom Verderben des Todes im Tode (der ewigen Verdammniss) zu deuten; unnatürlich und zugleich unfromm, in der Verwünschung Ps. 58, 8: „Der Fehlgeburt des Weibes (seien sie,

die Frevler, gleich), die das Licht nicht schaut", den Gedanken zu finden: „sie sollen gar nicht zum wahren Leben gelangen, sondern in
den Tod dahin fahren ohne die eigentliche Geburt oder Wiedergeburt"
— ein Gedanke, der um so grässlicher ist, als er vom Ausleger Gott
in den Mund gelegt wird, welcher nicht wollen kann, dass die Menschen ihr Heil verfehlen sollen.

Der Hauptfehler der Stier'schen, wie aller bisherigen „alle-
gorisch-mystischen", „tiefern" oder „gläubigen", Auslegung ist, dass in
dem „Untersinne" bestimmte und selbst individuelle Besonderheiten der
zukünftigen Geschichte Christi gefunden werden. Es ist diess falsch,
weil nach psychologischem Gesetze das bestimmte und somit Bewusste der
Vorstellung in den Gesichtskreis der geschichtlichen Gegenwart gehört,
während allein das Unbewusste und somit Unbestimmte und Allgemeine ein
Zukünftiges, erst noch zu Entwickelndes, einschliessen kann. Wenn man
z. B. im a. T. das Leiden Christi finden kann, so ist es nur in den
allgemeinen Grundzügen oder in der Idee, nicht in der Besonderheit
einzelner Umstände möglich. Hr. Dr. Nitzsch (System d. christl.
Lehre §. 35) stellt den richtigen Grundsatz auf, dass die ächte Weissagung keinen rein zufälligen Umstand, der nicht in die innerlich erschaute Geschichte des Ganzen gehöre, vorhersagen könne. *) Nun ist
das rein Zufällige eben das Besondere der bewussten Erfahrung, und
dass innerlich Erschaute ist die allgemein menschliche und religiöse Idee,
welche meistens unbewusst der Erfahrung zum Grunde liegt. Hr. St.
findet diesen Grundsatz wahr, befolgt ihn aber nicht, und rechtfertigt
sich desswegen auf eine höchst verworrene Weise. Beispiele solcher
fälschlich in den Psalmen gefundener Besonderheiten der zukünftigen
Geschichte Christi sind: das Durchbohren der Hände und Füsse Christi,
das Vertheilen seiner Kleider in Ps. 22 (für welches letztere allerdings
die Autorität des N. T. zeigt, wovon nachher), die in den Obern der
Stämme Benjamin u. s. w. (Ps. 68, 28) vorgebildeten Apostel Paulus,
Jakobus u. s. w. Hr. St. bezieht allerdings jene Besonderheiten des
22. Ps. zunächst auf Davids Lage, macht aber zugleich geltend, dass

---

*) „Die Typologie greift in dem Masse fehl, als sie sich nur an Einzelnheiten
im A. T. hält, welche zu den neutestamentlichen factis nicht in einem organischen,
sondern nur in einem äusserlichen Verhältniss stehen". Tholuck a. a. O. S. 42.

darin vieles Unerfüllte und mithin auf Christum zu Beziehende sei. Wie
unpsychologisch! Wenn das Durchbohren der Hände und Füsse sich auf
Davids Geschichte bezieht, so war es auch darin erfüllt; war es aber
nicht darin erfüllt, d. h. erlitt er es nicht, so konnte er es auch nicht
von sich aussagen, und eine Vorahnung der bestimmten Todesart, die
ein Anderer nach ihm leiden würde, konnte dabei gar nicht in seine
Seele kommen.

Wollten wir alle die Widersinnigkeiten und Geschmacklosigkeiten,
welche Hr. Stier in seinem Untersinne findet, aufzählen, so würden
wir nicht fertig werden. Nur Ein Beispiel statt vieler. Ps. 68, 14 erklärt er nach dem Obersinne (ziemlich richtig) so: Wenn ihr nun in
den Grenzen des eroberten Landes, eure Aecker bauend, ruhig wohnet
und lagert, so glänzt euer friedlicher Reichthum (die Beute des vorher-
gegangenen Krieges) wie der Taube silber- und goldschillernde Flügel";
setzt aber hinzu: „dass gerade die buntglänzende Farbenpracht der
Taube das Bild hergibt, erklärt sich erst völlig aus dem geistlichen
Untersinn, wonach die mannichfaltigen Gaben des heil. Geistes ihre
Pracht an dem Volke Gottes entfalten; wir halten es wenigstens für
nicht zu kühn, solche Anklänge an die spätere Symbolik, nach der
Einheit der ganzen Schrift im Grunde, schon früher hie und da zu
finden." (!!)

Endlich müssen wir noch mit Hrn. St.'s Beispiel davor warnen,
sich in der redlichen Wahrheitsliebe exegetischer Auffassung und erbaulicher Benutzung des alttestamentlichen Schriftinhaltes nicht durch
die Rücksicht auf die im N. T. vorkommenden Anführungen alttestamentlicher Schriftstellen irre machen zu lassen. Im Allgemeinen steht
der Grundsatz fest, dass das Gefühl unsrer Abhängigkeit von der heil.
Schrift des N. T. und der ihr schuldige Glaube und Gehorsam unsrer
Freiheit und Selbstständigkeit keinen Eintrag thun darf. Unser Glaube
darf kein knechtischer sein, und uns niemals dazu vermögen, gegen die
uns vom Schöpfer eingepflanzten Gesetze der Wahrheit und die Pflicht
der Wahrhaftigkeit zu sündigen. Wenn die neutestamentlichen Schriftsteller Uebertragungen der LXX. befolgen, welche uns aus lexicalisch-
grammatischen Gründen als unrichtig erscheinen, so dürfen wir sie aus
Autoritäts-Glauben nicht für richtig halten. So weit führt nun selbst

die neuesten starkgläubigen Ausleger ihre Schriftverehrung nicht; höchstens suchen sie dergleichen Fehler zu entschuldigen oder zu bemänteln. Aber sobald die neutestamentlichen Schriftsteller eine alttestamentliche Stelle gegen den klar exegetischen Zusammenhang und den grammatisch-historischen Sinn anziehen und anwenden: so wagen Jene nicht
der Wahrheit die Ehre zu geben, sondern verdrehen lieber den klaren
Sinn, und verletzen aus falscher Gewissenhaftigkeit gegen die Bibel die
Gewissenhaftigkeit, die sie der Wahrheit schuldig sind. Wir müssen
dieses höchlich missbilligen und beklagen. Die Pflichten können einander nicht widerstreiten, und es kann keine Pflicht gegen die h. Schrift
geben, welche uns nöthigte gegen unser besseres Wissen und Gewissen
zu erklären. Ich für mein Theil wollte dann lieber der lebendigen
Stimme meines Innern als dem todten Gesetze der Schrift gehorchen.*)

Ein Beispiel, wie Hr. St. sich durch die Autorität des N. T. vom
rechten Wege der Wahrheit hat abführen lassen, haben wir schon oben
gehabt, nämlich Ps. 102, 25 ff. Ein anderes ist Ps. 78, 1. 2. Nach allen
Auslegern redet hier der Dichter, und kündigt mit den Worten:
„Sprüche verkünd' ich aus der Vorzeit", sein aus der alten Geschichte
geschöpftes Lehr- und Warngedicht an. Weil aber hiernach die Cita-
tion Matth. 13, 35 als unrichtig erscheint, so nimmt Hr. St. an, dass
Vs. 1. 2 Gott rede, und erst Vs. 3 der Dichter; was so grundfalsch ist,
dass wir jedes Wort zur Widerlegung für überflüssig halten.

Ueber die Rettung des h. Ansehens der neutestamentlichen Schriftsteller, das durch die Anerkennung von ungenauen und dem grammatisch-historischen Sinne nicht entsprechenden Anführungen des A. T. im
N. T. blossgestellt zu werden scheint, denke ich ungefähr wie Tholuck (a. a. O. S. 22 ff.), Billroth a. a. O., Bleek (a. a. O. S. 444 ff.).
Das Ungenaue, ja Irrige mancher solcher Anführungen (letzteres besonders da, wo sie nach falscher Erinnerung oder falscher eigener Uebertragung oder derjenigen der LXX. geschehen), so wie die rabbinisch-

---

*) Hr. St. dagegen spricht so: „So wäre denn das apostolische Citat falsch und
Ein unwidersprechliches Beispiel anstatt vieler, dass man diese Citate nun einmal
nicht genau nehmen dürfe? Das sei ferne! Eher wäre zu sagen, dass wir Ausleger
allesammt es noch nicht verstehen und auf bessere Erleuchtung zu warten haben". —
Man wähle!

artige, ungenaue exegetische Bildung der Apostel überhaupt, muss un-
umwunden anerkannt, aber nicht unbillig beurtheilt werden. Zuvörderst
ist jede einzelne Anführung nicht bloss einzeln, sondern zugleich in Beziehung auf das ganze Verhältniss des Alten zum Neuen Bunde, wie
es oben entwickelt worden, zu betrachten. Wenn man nicht vergisst,
dass die neutest. Schriftsteller die Grundeinheit des A. und N. Bundes
beständig vor Augen haben, und desswegen und um ihrer Leser aus
den Juden willen, welche Alles aus ihren heil. Schriften zu schöpfen
und zu beurtheilen pflegten, gern Beweise, Bestätigungen, Parallelen,
Anklänge aus denselben beibringen; so wird man geneigt werden zu-
zugeben, dass die Ueberzeugungskraft und Bedeutung jeder einzelnen
Anführung nicht allein auf ihr selbst, sondern zugleich und mehr noch
auf jenem tiefern Grunde ruht, und daher nicht zu genau abzuwägen
ist. Die Anführungen sind sodann von verschiedener Art und dürfen
nicht nach einem und demselben Maasstabe gemessen werden. Sie sind
verschieden theils nach ihrem Verhältnisse zum Alten Testamente, theils
nach ihrem Zwecke. In ersterer Hinsicht sind sie einzutheilen in directe und vorbildliche Weissagungen, in Parallelen, Beispiele, Anwendungen und Anlehnungen. Die Bestimmung
der letztern Begriffe ist nicht bloss zu diesem apologetischen Zwecke
(welcher hier nur ein Nebenzweck ist), sondern auch zur Vollendung
unsres Lehrbegriffs der erbaulichen Behandlung alttestamentlicher Schriften nothwendig.

Hr. Dr. Tholuck betrachtet die Begriffe der vorbildlichen Erklärung und der Anwendung mit Recht als fliessende. Jene, als auf einem
objectiven Grunde beruhend, ist gesetzmässige Anwendung,
Hervorhebung des tiefern Allgemeinen aus dem Besondern und Unter-
ordnung eines andern Besondern (des Geschichtlich-Christlichen und unseres jetzigen Lebens) unter dasselbe. Nun gibt es aber verschiedene
Klassen jenes Allgemeinen: einmal, wie schon bemerkt, besteht es in
dem Allgemein-Menschlichen und demjenigen, was das gemeinsame Element des A. u. N. Bundes ausmacht; sodann liegt sowohl das eine als
das andere der bewussten Vorstellung der Schriftsteller näher oder ferner, so dass es verschiedene Abstufungen desselben und so auch verschiedene Arten von Anwendung gibt. Diese geht nämlich in fliessen-

der Weise aus einer gesetzmässigen in eine mehr oder weniger beliebige und zuletzt in blosse Anlehnung über. Bei letzterer wird der Gedankengang des benutzten Schriftstellers nicht berücksichtigt, sondern dessen Rede als Substrat für den eigenen Gedanken des Anwendenden gebraucht, wie wir dieses alle Tage in erbaulichen Vorträgen thun, wenn wir Bibelstellen und Bibelworte einflechten, und wie es oft die neutest. Schriftsteller thun, z. B. Hebr. 10, 37 f. 12, 13. 15. 13, 6. (Als blosse Anlehnungen möchte ich mit Hrn. Tholuck die Stellen Hebr. 2, 6—9 == Ps. 3, 5—7, Cap. 3, 2 == 4. Mos. 12, 7 nicht betrachten.) Die beliebigen Anwendungen sind für uns nicht erlaubt, wenn wir Schriftstellen entweder im Zusammenhange (in Homilien) oder als Predigt-Texte behandeln. Denn wie der Vortragende niemals etwas sagen darf, was den denkenden und verständigen Zuhörer zum Widerspruche oder Zweifel reizen kann, so darf er auch nichts vorbringen, was dem gelehrten Bibelausleger als falsch erscheinen kann, selbst auf den Fall, dass keiner der Art sich unter seinen Zuhörern befindet. Denn er muss sich stets als Wortführer der ganzen christlichen Kirche betrachten und bereit sein, für seine Rede vor dem ganzen ungelehrten und gelehrten Bewusstsein derselben einzustehen. Noch weniger ist uns die beliebige Behandlung der Schriftstellen zur Beweisführung im wissenschaftlichen Vortrage erlaubt, weil wir uns da gerade an den wissenschaftlichen Wahrheitsinn wenden. Anders aber war es mit den neutestamentlichen Schriftstellern. Nirgends begegneten sie einer gelehrten, wissenschaftlichen Auffassungsweise des A. T., und sie selbst waren nicht dazu erzogen. Sie hatten sie über jene Unterschiede der directen und vorbildlichen Weissagung und der blossen Anwendung nachgedacht, und eben so unklar waren sie über die Zwecke, zu denen sie die Schriftstellen verwendeten: strenge, eigentliche Beweisführung aus allgemeinen oder entsprechenden Wahrheiten, Erläuterung durch Paralleles und Aehnliches, Ueberredung, Gewinnung, Versöhnung durch Anklänge und Erinnerungen scheiden sich nicht in ihrer Seele deutlich von einander. Das Citat Hebr. 1, 10 aus Ps. 102, 26 lässt sich nicht anders, als wie ein willkürliches betrachten; auch kann man ihm keine eigentliche Beweiskraft zugestehen (Tholuck). Aber in dem Gedankenzuge, in welchem sich der Verf. des Briefs befand, bei der eigenen Ueberzeu-

gung von der Gottheit Christi und der Voraussetzung derselben bei seinen Lesern, konnte er, nach der Gewohnheit das, was von Jehova gesagt
wird, auf den Christus-Logos zu beziehen, jene Stelle wohl, ohne seinem Zwecke zu schaden und gegen sein Wahrhaftigkeits-Gewissen zu
sündigen, so gebrauchen, wie er thut. Hr. St. hätte, um mit dem
heil. Schriftsteller in Einklang zu treten, diess Mal das leidende Sub-
jekt nicht als die Kirche und Christus zugleich, sondern als die Kirche
für sich, Christo gegenüber, fassen müssen, wie es denn erlaubt ist, ihn
einmal in der Gemeinde und dann als den verklärten Gottessohn über
derselben zu denken. Von der knechtischen Befolgung des Gebrauchs,
den die heil. Schriftsteller vom A. T. machen, muss uns die Betrachtung abhalten, dass derselbe allein zum τρόπος παιδείας, zur Methode,
welche sich nach der Zeitbildung und dem Zeitbedürfnisse richten muss,
und nicht zum Wesentlichen der neutestamentlichen Lehre gehört. Und
die Ehrfurcht, welche wir ihnen schuldig sind, leidet wahrlich nicht,
wenn wir neben ihrem gotterfüllten Sinne und ihrem heiligen Charakter
ihre Abhängigkeit von der Zeitbildung anerkennen. — Auch gegen die
Regel, dass das Vorbildliche nicht in Besonderheiten und Zufälligkeiten
bestehen kann, verstossen die Evangelisten, indem sie z. B. in dem
Verloosen der Kleider Christi die Erfüllung einer Weissagung finden. Aber
man denke sich an ihre Stelle und in ihre Seele, wie ihnen jeder noch so
geringfügige Umstand des Leidens ihres Herrn wichtig erschien, und wie
ihnen, bei der richtigen Ueberzeugung, dass dasselbe überhaupt in einer
alttestamentlichen Nothwendigkeit gegründet sei, auch ein besonderes Zu-
sammentreffen in Einzelnheiten willkommen sein musste; und man wird
sie nicht nur entschuldigen, sondern auch mit ihnen mitfühlen und über-
einstimmen können, ohne das exegetische Gewissen aufzuopfern.

Indem ich von der unerfreulichen Polemik gegen Hrn. St. scheide,
kann ich nicht umhin, als ein trauriges Zeichen des wiederkehrenden
frommen Knechtssinnes anzuführen, dass er sich nicht nur durch das Ansehen der heil. Schriftsteller des N. T., sondern selbst durch das (von
der Kritik doch wahrlich genug wankend gemachte) der Psalmen-Ueber-
schriften an freiem Forschen hindern lässt, und sich nicht entblödet, an
eine Inspiration der Sammler des alttestamentlichen Kanons zu glauben
(I. 226). O lasset euch warnen, Jünglinge, die ihr Liebe und Beru

f

zum Dienste des Wortes der Wahrheit habt, folgt dem Impulse des wiedererwachten Geistes christlicher Frömmigkeit, aber erhaltet euch rein und lebendig den Trieb und die gewissenhafte Strenge der Forschung, damit es euch mit Gottes Hülfe gelinge, das schon von trefflichen, eben so frommen als freisinnigen Männern, einem Schleiermacher, Neander, Lücke, Nitzsch, Twesten, Bleek, Ullmann u. A. angelegte Gebäude einer erleuchteten, gläubig-wissenschaftlichen Theologie vollends aufzuführen, und die Kirche Christi durch den Geist der Wahrheit wieder zu verjüngen!

In diesen allgemeinen hermeneutischen und exegetischen Vorbemerkungen und Erörterungen liegen folgende **Hauptregeln für die höhere Auslegung und erbauliche Behandlung des A. T.**

1. Die grammatisch-historische Auslegung bildet mit ihren Ergebnissen sowohl im Ganzen der Schriften, Stücke, Abschnitte, als im Einzelnen der Vorstellungen, Gedanken, Beziehungen, Gesinnungen die Grundlage für die erbauliche Erklärung; und ehe man an höhere oder erbauliche Auffassung denkt, muss man jene vollzogen haben.

2. Der grammatisch-historische Sinn ist der eigentliche und einzige Sinn; alles übrige, was die höhere Auslegung noch in der Schrift finden kann, liegt diesem nur als Unmittelbares und Unbewusstes unter, oder schwebt als dessen Vollendung darüber.

3. Es gibt sonach keinen Doppelsinn, nicht zwei Sinne neben einander: jede doppelsinnige Erklärung ist widersinnig.

4. Nichts darf, als sogenannter Untersinn, in einem Schriftganzen oder einer Schriftstelle gefunden werden, was sich nicht nach psychologischen Gesetzen natürlich dem historischen Sinne unter- oder anlegt, was mit demselben streitet, was den Gedankengang, den Zusammenhang, die Einheit stört oder aufhebt.

5. Der Untersinn ist nie anders als allgemein oder ideal. Jede Deutung des historischen Sinnes auf ein späteres besonderes, zufälliges Factum oder einen Umstand ist verwerflich.

6. Soll das Unmittelbare und Allgemeine des alttestamentlichen Untersinnes mit der Geschichte und Lehre des N. T. oder mit den Er-

fahrungen und Erscheinungen unserer Zeit in Verbindung gesetzt werden: so kann es nur gesetzmässig mittelst eines gemeinsamen Begriffs geschehen, unter welchem das Frühere und Spätere zusammengefasst wird.

7. Da jeder Begriff fliessend und die Sphäre seines Umfangs ins Unbestimmte ausdehnbar ist: so kann durch erweiternde Anwendung Vieles der dem historischen Sinne unterliegenden Idee untergeordnet oder auch an sie angeschlossen werden, was erweislich nicht, auch nicht einmal auf unbewusste Weise, im historischen Sinne liegt. Aber diese erweiternde Anwendung darf nicht willkürlich, noch durch Sprünge oder Einfälle geschehen, und muss wenigstens durch dunkle Gefühle vermittelt und gerechtfertigt sein.

8. Es ist in der erbaulichen Anwendung erlaubt, den historischen Sinn, der Regel nach, nachdem man ihn in seiner Bestimmtheit aufgefasst und behandelt hat, ausnahmsweise aber auch, wenn es ohne Anstoss und Verletzung der Wahrheit geschehen kann, gleich anfangs, auf beliebige Weise, durch Weglassung oder Veränderung dieser oder jener besondern Vorstellung, Beziehung oder Beschränkung, umzuwandeln und ihm gleichsam eine andere Physiognomie zu geben, um neue und fruchtbarere Beziehungen zu finden.

9. Eben so ist es dem erbaulichen Erklärer erlaubt, den historischen Inhalt, wenn die Schrift ihn in einer gewissen Unbestimmtheit oder Dunkelheit liefert, z. B. die Lage eines Psalmdichters, durch wahrscheinliche Hypothesen, Einschaltungen, Voraussetzungen in ein solches Licht zu stellen, dass daraus gewisse erbauliche Wahrheiten hervortreten oder sich leichter anknüpfen lassen.

10. Erlaubt ist endlich auch, das Allgemeine, das dem historischen Sinne unterliegt, durch freie, aber ansprechende und sanft fliessende Uebergänge etwas zu verändern, damit irgend eine erwünschte und fruchtbare erbauliche Benutzung besser gelinge.

Indem wir nun zu unserm besondern Gegenstande, der erbaulichen Erklärung der Psalmen, übergehen, schicken wir einige Regeln und Bemerkungen über die Behandlung der äussern Beziehung dieser frommen Gedichte bei der erbaulichen Benutzung voraus.

Obige erste Regel, dass die erbauliche Erklärung sich durchaus auf die grammatisch-historische und deren Ergebnisse gründen muss, führt für die Psalmen die besondere mit sich, dass man die Situationen, in welchen sie gedichtet sind, wohl ins Auge fassen, das Menschliche darin hervorheben und beleben und von da aus zu ähnlichen menschlichen Lagen und Verhältnissen aufsteigen muss.

Hierbei kommt nun der Verfasser in Betracht. Ohne denselben zu kennen, lässt sich das Besondere einer Situation nicht in gehöriger Bestimmtheit fassen. Wie wünschenswerth wäre es z. B., den Dichter des 42. und 43. Psalms und seine Lage an den Ufern des Jordans genau zu kennen, um seine Sehnsucht und seine Klagen besser zu verstehen! Indessen schadet der Mangel an Nachrichten über Verfasser und Veranlassung selten dem ästhetischen Verständnisse wesentlich, indem es auch ohne sie gelingt, die Empfindungen, Befürchtungen, Wünsche und Hoffnungen des Dichters in ihrer menschlichen Wahrheit aufzufassen. Noch weniger schadet dieser Mangel der erbaulichen Benutzung, deren Richtung ohnehin auf das allgemein Menschliche geht; ja sie zieht daraus den Nutzen, dass sie das Besondere, von wo aus sie zum Allgemeinen aufsteigen soll, mit mehr Beliebigkeit drehen und wenden kann. Oft mögen wir uns mit Unrecht über einen solchen Mangel beklagen. Ich bin jetzt sehr dazu geneigt, zu glauben, dass manche Psalmen, besonders die Klag- und Bittgedichte, mehr allgemeine als besondere Verhältnisse des israelitischen Lebens zur Voraussetzung und zum Gegenstande haben. Die Mühe, für jeden derselben eine bestimmte Situation, namentlich im Leben Davids, zu suchen, war nicht nur nutzlos und unerspriesslich, sondern meistens sogar unstatthaft. Es ist wahrscheinlich, dass manche Dichter nur im Allgemeinen über die Bosheit und Gottlosigkeit der Einen und das Leiden und die Unterdrückung der Andern klagen, wie denn die Begriffe: Frevler, Thoren, Arme, Elende, Gattungsbegriffe sind.

Viel besser ist der Ausleger daran, wenn ihm Verfasser und Veranlassung gar nicht, als wenn beides falsch angegeben ist, was sicherlich vorkommt. Viele Psalmen sind z. B. dem David zugeschrieben, dem sie die Kritik absprechen muss; auch sind manche in den Ueberschriften auf Lagen und Verhältnisse in seinem Leben bezogen, welche die genauere historische Auslegung nicht passend finden kann. Wie hat sich nun in solchen Fällen der erbauliche Erklärer zu verhalten?

Im Allgemeinen gilt die Regel der wissenschaftlichen Wahrhaftigkeit auch für ihn. Die Ergebnisse der Kritik sind, wenn sicher und begründet, nicht allein für die Schule, sondern auch für die Kirche, indem jene nur für diese arbeitet, und die Wahrheit, selbst die negative, nie schädlich, sondern immer nur nützlich sein kann. Indessen ist unsere christliche Gemeinde bis jetzt noch nicht daran gewöhnt, die überlieferungsmässigen Ansichten gegen andere zu vertauschen (die Geistlichen haben sie noch nicht dazu erzogen, zum Theil aus richtiger Vorsicht, zum Theil wohl auch aus falscher Aengstlichkeit): und wenn es sich nicht um eine wichtige und fruchtbare Berichtigung, welche ein ganz anderes und besseres Licht auf die Sache wirft, handelt, wenn die Beibehaltung der alten Vorstellung keinen wesentlichen Nachtheil mit sich bringt, und wenn ohnehin die abweichende Ansicht der Kritiker noch zweifelhaft ist, so ist es rathsam, im erbaulichen Vortrage bei der gängbaren zu bleiben, und jeden Anstoss oder unnöthige, dem Zwecke der Erbauung fremde Erörterung zu vermeiden.

Sobald also der in der Ueberschrift genannte Verfasser eines Psalms und die angegebene Veranlassung, wenn auch beides unwahrscheinlich sein sollte, dem richtig gefassten Inhalte desselben nicht geradezu widerspricht und dem Verständnisse nicht störend in den Weg tritt, so hat der erbauliche Erklärer dabei stehen zu bleiben. Selbst wenn der kritische Ausleger, der Alles genau nehmen muss, findet, dass die überlieferten Beziehungen den Inhalt eines Psalms in ein etwas falsches Licht stellen, kann jener in manchen Fällen, weil es ihm weniger um das Besondere, als das Allgemeine zu thun ist, und um sich in keine kritischen Erörterungen einlassen zu müssen, die gewöhnliche Ansicht festhalten. So lässt sich zwar mit Grund gegen die Beziehung des 3. Psalms auf die Flucht Davids vor Absolom einwenden, dass sich darin sogar nichts vom Schmerze des gekränkten Vaters ausspricht; aber der praktische Erklärer braucht sich auf diesen Mangel nicht einzulassen, und nur das Allgemeine der damaligen Situation Davids, die Gefahr, in welcher er sich der zahlreichen feindlichen Parthei gegenüber befand, ins Auge zu fassen. Ich würde es sogar nicht tadeln, wenn der erbauliche Erklärer eine nicht in der Ueberschrift angegebene, aber durch Gewohnheit gewissermassen traditionell gewordene, wenn gleich nicht ganz passende Beziehung, wie die von Psalm 32 auf Davids Ehebruch mit der Bethseba (vergl. 2 Sam. 12, 1 ff.), beibehalten wollte, weil sie vielleicht manchen seiner Zuhörer zur Kenntniss gekommen sein kann, und er diesen durch seine Abweichung keinen Anstoss geben möchte.

Dagegen wäre eine angegebene Veranlassung, wie die von Ps. 52, um so weniger aufzunehmen, weil dadurch der ohnehin etwas strenge Charakter des Psalms noch strenger und rachsüchtiger wird. Der Psalm soll gegen Doegs Verrath gerichtet sein. Nun begreift man nicht wohl, wie diese Handlung eines Dieners Sauls, die höchstens in Partheieifer, vielleicht sogar in Diensttreue ihren Beweggrund hatte, den David so in Harnisch bringen konnte, dass er ihm Bosheit, Trug und Lüge schuld gibt und ihm mit der göttlichen Rache drohet. Milder wird der ganze Sinn des Psalms, wenn wir uns als Gegenstand desselben einen gemeinverderblichen Grossen und Gewaltigen (er vertraute der Menge seines Reichthums, Vs. 9.) denken, wiewohl hier die freilich geringe Wahrscheinlichkeit, dass Doeg unter Saul einen solchen Einfluss übte, einen Ausweg darbietet. Hat ein Psalm, bei welchem eine solche Abweichung von der Ueberschrift nothwendig ist, keine allzugrosse Wichtigkeit und Fruchtbarkeit, und ist der Erklärer nicht etwa an die Reihenfolge gebunden, so ist es besser, ihn nicht zum Gegenstande der Erbauung zu wählen.

Zum Behuf unsrer besondern Bemerkungen über die erbauliche Psalmenerklärung müssen wir durch eine Art von Classification eine Uebersicht des zu behandelnden weitschichtigen Stoffes zu gewinnen suchen.

Herr Dr. Umbreit hat die von ihm erbaulich behandelten ausgewählten Psalmen nach den drei christlichen Ideen des Glaubens, der Erlösung und der Hoffnung in drei Bücher getheilt. Ob wir nun gleich nicht läugnen, dass diese Ideen sich klarer oder dunkler im A. T. finden, so machen sie doch nicht das Charakteristische desselben aus, sind auch nicht geeignet, den ganzen Inhalt des Psalters zu umfassen (was freilich nicht im Plane Herrn Umbreit's lag, wie denn auch wir nicht alle einzelnen Psalmen ohne Ausnahme in unsrer Classifikation aufführen wollen). Wir finden diejenige Eintheilung der Psalmen, welche sich aus der obigen (auch in meiner biblischen Dogmatik

gemachten) Unterscheidung des Allgemeinen und Besondern im
Hebraismus ergibt, die zweckdienlichste, wobei wir jedoch, unserem
praktischen Zwecke gemäss, ungenauer als in der Dogmengeschichte
verfahren und die Frage, welches Allgemeine dem Hebraismus in seiner
Besonderheit zum Grunde liegt, und was sich erst aus ihm heraus entwickelt hat, auf sich beruhen lassen. Nur dasjenige Allgemeine, was
deutlich über das besondere Theokratische hinausgeht und sich in Gegensatz damit stellt, wie die Opferlehre Ps. 50, stellen wir unter das
Besondere, jedoch als daraus entwickeltes Allgemeines. So bildet auch
das Messianische im weitern Sinne, d. h. die Ideen zukünftiger
Vollendung, nur einen Zweig oder eine Blüthe des Besondern.

I. Abtheilung: Psalmen, welche solche allgemeine Ideen
von Gott, dessen Wesen, Eigenschaften, Wirksamkeit, Willen, und vom
Menschen und dessen Verhältniss zu Gott und andern Menschen enthalten, welche theils allgemein menschlich, theils dem Alten und Neuen
Bunde gemeinschaftlich sind. Nur wenige, wie Ps. 104, 8. 32, sind
ganz allgemein religiös; andere sind zwar israelitisch-theokratisch, aber
so gehalten, dass die Erhebung ins allgemeine christliche Gebiet (Israel,
Zion == Kirche) keiner Kunst bedarf, wie Ps. 33. 67. 113. 145. 146;
andere enthalten Anklänge an die Erfahrungen und Verhältnisse Israels,
aber so allgemeiner Art, dass sie allgemein menschlich gefasst werden
können, wie Ps. 65. 90. 130. 139.

Für die erbauliche Behandlung solcher allgemeiner Psalmen gelten
die gewöhnlichen Regeln der Homiletik, die wir hier voraussetzen dürfen. Indem wir sie nach dem verschiedenen Inhalte bezeichnen und
ordnen, geben wir zugleich die nöthigen Winke zur eigenthümlichen
Behandlung oder auch selbst eine Probe derselben. Dasselbe thun wir
mit den Psalmen der II. Abtheilung.

Ps. 104. Gott als Weltschöpfer und Erhalter; am Ende Vs. 35 ein
Seufzer der Sehnsucht wegen der Herrschaft des Bösen in der Welt.

Ps. 33. 67. 113. 145. 146. Gott als der allmächtige, heilige, gütige Weltregent.

Ps. 139. Gott der allwissende, allgegenwärtige Herzenskündiger;
zuerst allgemein, zuletzt mit dem lebhaften Ausdrucke des Abscheu's

vor den Gottlosen, von deren Gemeinschaft der Dichter sich im Angesichte des Herzenskündigers reinigt.

Ps. 8. Gott der erhabene Schöpfer: ihm gegenüber der Mensch
in seiner Kleinheit, aber von ihm erhoben zu hoher Würde und zur
Herrschaft über die Thiere.

Um diesen Psalm für uns fruchtbar zu machen, muss in Vs. 5.:
„Was ist der Mensch“, die Idee der (schuldbewussten) Demuth heraus-
gehoben werden. In Vs. 6 macht die fehlerhafte Luther'sche Uebertragung:
„du wirst ihn lassen eine kleine Zeit von Gott verlassen sein; aber mit
Ehre und Schmuck wirst du ihn krönen“, das unangenehme Geschäft einer
Verbesserung derselben Angesichts der Gemeinde unerlässlich; denn sie erlaubt durchaus nicht eine der Idee des Ganzen zusagende Deutung.*) Der
allein richtige Sinn (für den sich freilich der ängstliche Hr. v. Meyer
noch nicht zu entscheiden gewagt hat), ist: „dass du ihn nur wenig
setztest unter Gott, und mit Herrlichkeit und Würde ihn
kröntest“, und enthält den Gedanken, dass der Schöpfer dem Menchen
eine grosse äusserliche Macht-Herrlichkeit verliehen habe: diesem Gedanken
muss die Idee der innern geistigen Würde (Gottes Ebenbild, hohe sittliche
und andere geistige Anlagen, hohe Bestimmung, und alles diess in Christo
wiedergewonnen und vollendet) untergelegt oder vielmehr als unbewusst
unterliegend (weil das Aeusserliche immer vom Innerlichen bedingt ist) aufgefasst, und in Vs. 7—9: „du machtest ihn zum Herrscher über
die Werke deiner Hände“, muss die Idee der menschlichen Welt-
herrschaft als durch sittliche Willensreinheit, durch Vollziehung des göttlichen Willens, durch Verwirklichung des Reiches Gottes auf Erden bedingt
und dadurch zu vollendend und zu verklärend dargestellt werden.

Ps. 90. Gott, der Ewige: ihm gegenüber der sündhafte, sterb-
liche, elende Mensch, in Busse, Sehnsucht, Bitte.

Ps. 130. Bitte um Sündenvergebung und Rettung vom Sünden-
elend mit siegender Hoffnung auf Gottes verzeihende Gnade.

Ps. 91. 92. Vertrauen auf Gott, Lob Gottes in Beziehung auf den
Zwiespalt des Uebels und Bösen im Menschenleben.

Ps. 32. Glück der Sündenvergebung; der Weg zu ihr.

Um diesen Psalm mit dem christlichen Bewusstsein in Einklang zu
bringen, werden folgende Erweiterungen und Modifikationen nöthig sein.
Bei den das Glück der Sündenvergebung preisenden ersten beiden Versen
ist an die Wohlthat der sündentilgenden versöhnenden Gnade Gottes in

---

*) Es ist dringendes Bedürfniss, dass diese sonst schätzbare und uns Allen mit
Recht liebgewordene Uebersetzung endlich einmal von Seiten der Kirche einer Revi-
sion unterworfen werde. Der Bibelverbreitungseifer unsrer Zeit sollte sich mit einem
solchen Wahrheitseifer verbinden, dass man dem Volke eine berichtigte Bibel in die
Hände zu geben sich befliss.

Christo, und bei den Worten: „in dess Gemüth kein Trug" (Luth.: in dess Geist kein Falsch ist), an die kindliche Zuversicht des Christen zum himmlischen Vater zu erinnern. Dieses Glückes und dieser seligen Stimmung waren vor Christo nur Wenige theilhaftig, und auch diese kamen, wie unser Dichter, erst durch bittere Erfahrungen dazu. Wohl waren die Israeliten angewiesen, ihre Sünden durch Opfer und Bekenntniss zu sühnen; aber wo das Herz und die Liebe fehlt, was können da Gebote und Gebräuche? Auch war das Gewissen nicht immer so leicht der begangenen Sünden überführt. Die Sünden verschwiegen sie sich selbst und Gott, wie es der Dichter that (Vs. 3). Der Ehebruch, den er mit der Bethseba, der Mord, den er an Uria begangen hatte, waren freilich im Gesetze deutlich verboten; demungeachtet betrog er darüber sein Herz und wähnte auch Gott betrügen zu können. Aber, was war die Folge solches Verschweigens? Das Gewissen, obgleich scheinbar verstummt, redete doch tief im Innern, und durch dasselbe der himmliche Richter; die Sündenlast und die Hand des strafenden Richters lag schwer auf der Brust. So ging es unsrem Dichter. „Da ich es wollte verschweigen, verschmachteten meine Gebeine durch mein tägliches Heulen. Denn deine Hand war Tag und Nacht schwer auf mir, dass mein (Lebens-) Saft vertrocknete, wie es im Sommer dürre wird" (Vs. 3, 4). Ihn mochte ausser den Gewissensbissen vielleicht noch körperliches Unwohlsein oder auch Verdruss und Kummer in seinem königlichen und Familien-Haushalte niederdrücken und bedrängen. Denn Gott hat es so geordnet, dass äusseres Uebel unser Gewissen aufregt; und oft schickt er solches zu dem heilsamen Zwecke, dass tiefer liegende Schuldgefühle aufgeweckt und wir zur Busse gemahnt werden. Gott, welcher den ihm sonst wohlgefälligen König David väterlich leitete, liess ihm auch noch durch den Propheten Nathan eine Mahnung zukommen. Auch uns redet wohl in solchen Fällen ein Freund oder ein Lehrer ins Gewissen. Wohl dem, der solchen Mahnungen ein williges Ohr und Herz leihet! David bekannte nun seine Schuld, und erhielt Vergebung (Vs. 5). Wie erleichtert war da sein Herz, wie fühlte er sich versöhnt mit seinem Gott, welch ein Vertrauen fasste er zu ihm, so dass er sich vornahm von nun an immer zur rechten Zeit zu ihm zu beten und der Erhörung und Vergebung zu gewiss, sein. „Dafür werden dich alle Heiligen bitten zur rechten Zeit" (Vs. 6). Vorher hatte ihn äusseres Uebel und Unheil gedrückt und geängstigt; nun fühlt er sich auch von dieser Seite frei von aller Sorge und Furcht: wer mit seinem Gott versöhnt ist, der darf „grosse Wasserfluthen" nicht fürchten; „sie werden durch Gottes Gnade nicht an ihn gelangen", oder, falls sie ihn nach Seinem heil. Willen treffen, ihn nicht überfluthen und ihm nicht den Untergang bringen (Vs. 6). Der mit Gott versöhnte Gläubige kennt keine Strafe mehr, höchstens bringen ihm die äussern Schicksale Prüfungen, Uebungen in der Geduld und Sanftmuth. — Der mit Gott versöhnte findet nicht allein in sich selbst Licht, Ruhe und Frieden, er verbreitet solche auch um sich her, führt Andere durch Lehre und Ermahnung zu Gott zurück, und verrichtet das segensreiche „Amt der Versöhnung", das Christus den Dienern des Wortes im weitern Sinne aber allen den Seinigen aufgetragen, wie unser Dichter Vs. 8 ff. thut, indem er seine Brüder lehrt, wie sie sich gegen Gott zu verhalten haben u. s. w. -

Ps. 65. Froh vertrauendes, mit Wehmuth gemischtes Gefühl der Andacht zu Gott, das sich ganz in Dank und Jauchzen über die Wohlthaten Gottes auflöst.

Ps. 96. Hymnus auf Jehova als den höchsten Gott und Weltregenten, mit Hinblick auf sein künftiges Gericht (welches theils — nach der nächsten Vorstellung des Psalms — als Gericht in der Geschichte, theils als das ewige Weltgericht zu fassen ist).

Ps. 23. Selige Zufriedenheit in Gott, in welcher der Hinblick auf mögliche Störungen durch Unglück und Feindschaft (Vs. 4. 5.) nur eine in schöne Harmonie aufgelöste Dissonanz ausmacht.

Erklärung.*) Vs. 1. „Der Herr ist mein Hirte; mir wird nichts mangeln". In dem Bilde des Hirten liegt die ganze Abhängigkeit des Menschen von Gott, dem Schöpfer und Herrn von Allem. Der Hirte bietet nur die Nahrung und Tränke dar, die sich findet, Dürre und Mangel hindern ihn oft; aber Gott ist der reiche Hirte, dem Alles zu Gebote stehet. Er hat uns, seine Geschöpfe, seine Kinder, in eine reiche, mit Allem ausgestattete Welt hineingestellt; er ist auch der Urquell alles geistigen Lebens, alles Lichtes und Trostes. Wenn wir uns daher seiner Leitung kindlich anvertrauen, so wird uns nichts mangeln. Nie ist etwas zu fürchten, nie zu zagen, nicht für den andern Morgen zu sorgen. (Vgl. Ps. 127 f.)

Vs. 2. Mannigfaltig sind die Wohlthaten und Güter, leibliche und geistige, die Gott uns gibt. Wenn wir solche auch zunächst Menschen, Eltern, Freunden u. s. w. verdanken: so gibt doch Alles Gott. „Er weidet mich auf einer grünen Aue, und führet mich zum frischen Wasser". Diess ist ästhätisch-poetisch auszuführen, eine fröhliche, freudige Ansicht vom Leben zu geben, die Lichtseite desselben herauszustellen.

Vs. 3. „Er erquicket meine Seele." Lebenslust, Lebensfreude ist vom Schöpfer in uns gelegt, sinnliche und geistige: die frohen Gefühle der Dankbarkeit, das Bewusstsein der hohen Bestimmung, zu der wir geschaffen sind, des kindlichen Zutrauens zu Gott, der sittlichen Lebenskraft, die er in uns mehret durch seinen Geist, vermöge deren wir mit Freuden in das Leben greifen und seinen Willen thun. „Er führet mich auf rechter Strasse". — Jeden führt er durch das Schicksal zu dem, was ihm dienlich, nützlich und gedeihlich ist; er lässt die Menschen erziehen, leiten, die rechten Erfahrungen machen; er führt die Wege des Heils; er ist der rechte Führer, weil er der wahrhafte, weise, heilige Gott ist. Möchte sich doch jeder der Leitung dieses Hirten mit Vertrauen hingeben; aber

---

*) Die mit * bezeichneten Erklärungen sind nach der mir von einem fleissigen und fähigen Zuhörer gelieferten Redaktion dessen, was ich über die von meinen Zuhörern (nach eigener Wahl) bearbeiteten Psalmen, nach vorhergegangener Beurtheilung und Berichtigung, ex tempore vorgetragen habe, mit wenigen Veränderungen gegeben: daher man die oft nur andeutende und etwas unvollkommene Form entschuldigen wird.

noch sind so Viele widerspenstig durch die Verblendung und Kurzsichtigkeit, in der sie den Hirten gar nicht kennen. Er ist unsichtbar, hoch über uns, obschon auch uns nahe und auf mannigfache Weise sich offenbarend. Darum ist es eine so grosse Wohlthat, dass er uns im Menschensohne Jesu einen sichtbaren Hirten gegeben, der zwar sein Ebenbild ist, aber uns als Mensch näher steht und in seinem Worte und seine Heilsanstalt immerfort uns nahe steht; wenn schon nicht fleischlich sichtbar, und der die Menschen mit liebender Hand zum Vater führen will.

Vs. 4. „Und ob ich schon wanderte im finstern Thal, fürchte ich kein Unglück; denn du bist bei mir, dein Stecken und Stab trösten mich." Der Weg der Heerden geht oft durch finstere, gefährliche Thäler: so geht auch unser Lebensweg oft durch Gefahr und Kampf, und unser Geist wird durch das Dunkel der Zweifel und der Prüfung hindurch geführt. Nur durch des Menschen Schuld gibt es Uebel und Böses in der Welt; alles von Gott gesandte Uebel ist eine heilsame Prüfung und Stärke unsrer Kraft. Der Fromme fürchtet nichts. Er findet Trost in physischem Kampf und Leiden, Trost und Kraft in sittlichen Kämpfen. Gott mit seiner väterlichen Vorsehung führt uns durch alle äussern Prüfungen hindurch, und Christus lehrt uns durch kindlichen Glauben Trost und Kraft im Gedanken an den himmlischen Vater und im vertrauensvollen, gottergebenen Gebete finden. Christus führt uns durch alle sittlichen Kämpfe hindurch, und ist uns nahe mit seiner Kraft, mit dem Troste der Vergebung und Versöhnung.

Vs. 5. „Du bereitest vor mir einen Tisch gegen meine Feinde; du salbest mein Haupt mit Oel und schenkest mir voll ein." Die Feinde sind weniger wie persönliche, als wie Feinde der guten Sache zu betrachten, Feinde der Wahrheit, der Gerechtigkeit, des Reiches Gottes. — Der Fromme hat durch die Gnade Gottes freudige Ruhe, gleich als wenn er am Tische des Ueberflusses sässe. Der Glaube erhebt über jeden Hass und jede Furcht. Der Christ verzeiht seinen Feinden, und findet hierin auch Ruhe und Freudigkeit für sich selbst.

Vs. 6. „Gutes und Barmherzigkeit werden mir folgen mein Leben lang." Dieses Vertrauen zu Gottes Führung gibt uns Hoffnung und Zuversicht für das ganze Leben. Die göttliche Liebe wird uns durch das ganze Leben begleiten. Immerdar sind wir Hausgenossen Gottes (dieser Sinn der Worte: „Ich werde bleiben im Hause Gottes immerdar", ist schon für die grammatische Erklärung wahrscheinlich, und für die erbauliche wenigstens als die eine Seite des Sinnes aufzufassen); wir sind immer in seiner Nähe und Gemeinschaft, desswegen wir auch stets in Andacht bei ihm sein sollen, sowohl im stillen Kämmerlein, als im öffentlichen Gotteshause. Freudig richtet sich nun unser Blick auch in die Ewigkeit; denn auch in jener Welt werden wir dem Hause des Herrn angehören.

Ps. 127. Frommes Gefühl der Abhängigkeit von Gott, dem wir die schönsten und edelsten Geschenke verdanken. — Die Söhne Vs. 3 machen das höchste Glück des Israeliten aus: daran lässt sich alles Familienglück, das Glück des Vaterlandes, wackere, wohlgesinnte Bür-

ger zu haben, die sich für dasselbe aufopfern, und alles andere Lebens-
glück anknüpfen.

Ps. 133. Ein sittliches Lebensbild: Lob der Eintracht, auszudehnen auf jede sittliche Gemeinschaft, auch die der christlichen Kirche.

II. Abtheilung: Psalmen, welche die besondern, theokratischen, volksthümlichen, zeitgemässen Ideen der
Israeliten von Gott und dessen Verhältnisse zum Volke Israel und umgekehrt, vom Gottesdienste, menschlichen Leben u. s. w. enthalten.

A. Gottespsalmen. 1. Mehrere, welche Gott, nach allgemeiner Idee und in seiner besondern Beziehung zu
Israel zugleich darstellen, schliessen sich an die vorhergehenden
an und bilden den Uebergang.

Ps. 29. Naturanschauung von Gott im Donner, zuletzt mit einer
Beziehung auf die noachische Wasserfluth (Uebergang aus dem Natur-
gebiet in das geschichtlich-sittliche; Anwendung auf die auch durch
Naturereignisse erziehende, strafende, bessernde, segnende Wirksamkeit
Gottes) und auf Jehova's Weltregierung (Vs. 10); schliesslich mit eng-
ster Beziehung auf Israel (Vs. 11).

Ps. 148. Lob Jehova's als Schöpfers, Erhalters, und insbesondere als Wohlthäters seines Volkes. Aehnlich Ps. 147, nur dass die
Naturwirkungen und Wohlthaten Gottes ausführlicher angegeben und
bestimmtere Rücksicht auf die Wohlthaten gegen Israel, dessen Wiederherstellung und die Stiftung des Gesetzes genommen wird. Letzteres
geschieht auch, und zwar mit einem Rückblicke auf den Auszug aus
Aegypten und mit einem Gegensatze gegen die Götzen in Ps. 135.
Allgemeiner wird Jehova in seiner Erhabenheit als Weltgott und wegen
seines für Israel gegebenen Gesetzes gepriesen Ps. 93. — Es ist natürlich, dass bei der erbaulichen Behandlung das, was Gott an Israel
gethan, weil diess auch bei den Christen Theilnahme finden muss, zuerst direct aufzufassen und ins Licht zu stellen, dann aber auf die Vollendung der offenbarenden und heilstiftenden (erlösenden) Thätigkeit Gottes in Christo zu erweitern ist.

Ps. 19. Lob Gottes aus der Natur und der Offenbarung des
Gesetzes (dessen göttliche und beseligende Eigenschaften erst im Evangelium sich vollendet haben).

2. Andere Psalmen stellen Gott ganz im theokratischen
Verhältnisse dar.

Ps. 99. „Gross ist Jehova auf Zion", als heiliger, Recht üben-
der, in Israels Geschichte (wie in der christlichen) geoffenbarter, anzu-
betender Gott.

Ps. 100. Israel jauchzet das Eigenthum Jehova's, des Gütigen,
zu sein.

*Erklärung. Vs. 1. „Jauchzet dem Herrn, alle Welt"!
Nur im Gedanken an Gott können wir uns freuen, sonst, wenn wir nur
auf uns sehen, erfüllt uns Trauer und Wehmuth. Niemand rühme sich denn
des Herrn; und wenn wir uns des Irdischen freuen, so geschehe es nur
im Herrn. Die Gewalt des Dankes ergreift den Dichter so mächtig, dass
er alle Welt zur Theilnahme auffordert, und wünscht, dass sie mit ihm
Gott lobe. Allerdings haben alle Völker Grund, Gott zu rühmen, und alle
haben Fähigkeit und Anregung dazu erhalten; aber der Psalmist hat vorzüglich seine Mitgenossen an dem von Gott verordneten Gottesdienste im Auge.
Vs. 2. „Dienet dem Herrn mit Freuden." Nur wer den
wahren Gott kennt und recht verehrt, kann auch recht jauchzen. Besonders wir Christen dürfen uns Gottes rühmen, die wir im Besitze des voll-
kommensten Gottesdienstes sind.
Vs. 3. „Er hat uns gemacht, und nicht wir selbst." Er
ist unser Schöpfer und Erhalter, ohne ihn ist der Mensch ohnmächtig; ihm
sind wir unterworfen, von ihm durchaus abhängig. Er hat uns aber auch
insbesondere gemacht zu seinem Volke. Schon Israel berief er zu einem
nähern Verhältnisse zu sich, dass es ihm diene; mehr noch uns Christen
durch Christum. Wir sind seine Schafe; er hat uns in Christo den wahren Hirten gegeben, der uns zu den Wassern des Lebens führt u. s. w.
Vs 4. „Gehet zu seinen Thoren ein" u. s. w. In den Tempel
seines Gottes soll jeder eingehen; wir sollen in der Gemeinschaft, die uns
in Christo gegeben ist, das Gefühl des Dankes gemeinschaftlich aussprechen.
— Gross ist der Werth der Gemeinschaft u. s. w.

Ps. 111. Jehova der grosse, wahrhafte, gütige Gott, den zu
fürchten der Weisheit Anfang ist.

Ps. 115. Jehova der wahre, allmächtige Gott, im Gegensatz gegen die Götzen (für uns zu übertragen auf die falschen deistischen
Vorstellungen von Gott, als nicht der Welt immanent), welchem Israel
zu vertrauen, von welchem es Segen zu erwarten, den es zu preisen hat.

Ps. 97. Jehova, der gewaltige, furchtbare Weltregent und Weltrich-
ter, mit sittlicher Scheu zu verehren und dem Gerechten nicht furchtbar.

Ps. 105. 106. Der Gott Israels in der alten Geschichte (deren
erbauliche Benutzung an sich nicht schwierig ist und in ein anderes

Gebiet alttestamentlicher Erbauung gehört, das wir vielleicht ein ander-
mal behandeln werden).

B. Theokratische Psalmen. In der Theokratie liegt für
den Hebräer sein Heil, die zwischen Gott und den Menschen gestiftete,
für diesen segensreiche Harmonie, die Lösung des Sündenzwiespalts,
welcher den Menschen elend macht: sie entspricht in den Thatsachen
ihrer Stiftung dem Erlösungswerke Christi, in ihrem Bestande, als politisch-religiöse Gemeinschaft, der christlichen Kirche, als religiöser Gemeinschaft, und hat somit eine vorbildliche Bedeutung: es stellt sich
in ihr, auf einer niedern Lebensstufe, die heilstiftende, offenbarende und
erlösende Wirksamkeit Gottes (im N. T. auf menschlich reale Weise) dar.

1. Stiftung und Bedeutung der Theokratie, daraus fliessende
Pflichten.

Ps. 114. Stiftung der Theokratie, als Wunderthat Jehova's.

Erklärung. Vs. 1. 2. „Da Israel aus Aegypten zog, das
Haus Jakobs aus dem fremden Volk: da ward Juda sein
Heiligthum, Israel seine Herrlichkeit." Der Dichter erinnert
mit Hochgefühl daran, wie es gekommen, dass Juda und Israel das Heiligthum des wahren Gottes geworden. Das Volk sollte dem wahren Gotte
heilig sein, nicht den Götzen dienen, ihn erkennen, als den Einen und
Heiligen, ihn verehren in Andacht, in frommen Gebräuchen; heilig, wie
Gott selbst, sollte es einen äusserlich und innerlich reinen Lebenswandel
führen, sich ferne halten von jeder Verunreinigung und Unsittlichkeit. Gott
sollte herrschen in Israel; Alles sollte angeordnet und unternommen werden
in seinem Namen; jeder Richterspruch, jeder Befehl der Obern sollte göttliche Anordnung, dem göttlichen Willen gemäss sein.

Wie ist Israel zu dieser Auszeichnung gekommen? Nicht immer war
es Gottes Heiligthum; es musste erst aus Aegypten gezogen werden, wo es
zwar dem wahren Gotte, dem Gotte seiner Väter, gedient, aber doch den
Einfluss des Götzendienstes erfahren und eine unwürdige Knechtschaft erdul-
det hatte. Ein solches Volk konnte nicht fähig sein, dem wahren, heiligen
Gotte zu dienen, seinen heil. Willen zu erfüllen, ein ihm wohlgefälliges
Leben darzustellen. Es ward befreit. —

Vs. 3. 4. Das Meer sah und floh; der Jordan wandte
sich zurück; die Berge hüpften wie die Lämmer, die Hügel
wie die jungen Schafe." Der Dichter erinnert an die wunderbare
Geschichte des Auszuges, wobei sich die göttliche Allmacht und Liebe an
Israel so herrlich bewies. Am rothen Meere half Gott: das Meer floh.
Sie kamen durch die Wüste an den Jordan: dieser sperrte den Weg; jenseits standen die Feinde; aber er wendet sich zurück, und trocken
gehen sie hindurch. Die ganze Natur dienet ihnen. Israel erfuhr in der
Wüste und im Gebirge die hülfreiche Allmacht des Herrn. Gott liess sich
auf den Sinai herab; der Fels und der Kiesel mussten Wasser spenden, die

Wolken Manna regnen, der Wind die Wachteln geben; „vor dem Herrn bebete die Erde, vor dem Gotte Jakobs, der den Fels wandelte in Wassersee, und die Steine in Wasserbrunnen" (Vs. 7, 8). Wer bewirkte diese Wunder? Gott, der Allmächtige: vor ihm bebte die Erde, auf sein Geheiss diente Alles seinem Volke. Gottes Zwecken dient die ganze Natur; wo er will, weicht jedes Hinderniss; was er will, geschieht. Er, der Allmächtige, hat es gethan, das Volk ausgeführt und zum Heiligthume gemacht; nicht durch menschliche Kraft, nicht durch menschliches Verdienst ist es diess geworden. Israel demüthige sich vor Gott, in dankbarer Anerkennung der Allmacht und Gnade Gottes! Die Christenheit ist auch das Heiligthum Gottes, und zwar in höherer Bedeutung. Nachdem Gott Mosen und die Propheten gesendet, offenbarte er sich durch seinen Sohn. Er hat die Menschheit weiter und höher geführt. Wie kam diess? — Wir waren in Finsterniss und Sünde, unsre Vorfahren dienten dem falschen Göttern. Gottes allmächtige Führung brachte auch uns das Christenthum. Ihm allein die Ehre; — Ihm verdanken wir es, dass wir im Christenthum geboren worden. Was wäre aus uns geworden ohne seine beseligende Gnade? Nicht durch unser Verdienst, aus Gnaden sind wir selig worden.

Ps. 81. Stiftung des Passahs, Auszug aus Aegypten, Aufforderung zum Gehorsam gegen Jehova.

Ps. 95. Ebenfalls Aufforderung zum Gehorsam gegen den „Hort des Heils."

2. Tempel und Gottesdienst.

Ps. 132. Weihe des Tempels, Davids Verdienst; sein ewiges Königshaus; der Tempel ein Ort des Segens für Israel.

Wie die Bemühungen Davids, obgleich in seinem Leben noch nicht zum Ziele führend, doch die Grundlagen wurden zur Stiftung und Aufführung des herrlichen Tempels: so sollen auch wir streben und ringen, wenn auch wir noch nicht, sondern erst unsre Nachkommen das Ziel erreichen (Vs. 1—5). Die vorher wandernde Wohnung Gottes hat nun ihren festen Sitz gefunden, welchen die Frommen mit Segenswünschen und Jubel weihen. Herrliche, segensreiche Momente im Leben der Völker, wenn grosse, heilige Stiftungen und Werke vollendet sind (Vs. 6—9). Weil David ein Gott und seinen Dienst liebender König war, so hat ihm Gott die Dauer seines Thrones verheissen, und seine Söhne dürfen die Erfüllung dieser Verheissung hoffen, wenn sie in seinen Fussstapfen wandeln. Idee, dass Thron und Staat auf die Religion gegründet sein sollen (Vs. 10—12). Segen, welchen Jehova seinem Volke und dem Davidischen Hause um des Tempels willen verheisst. Dient ein Volk und Königshaus treu und redlich seinem Gotte, so kehrt Gott bei ihm ein und ist nahe mit seinem Segen. (Vs. 13—18),

Ps. 122. Freude am Hause und an der Stadt Jehova's und Heilswünsche für letztere. (Aehnlicher Anwendung wie der vorhergehende Psalm.)

Ps. 15, 24. Sittlicher Tempel- und Gottesdienst, lebendiges Gefühl der Nähe des heil. Gottes, womit auch wir unsere Gotteshäuser
betreten sollen. —

Ps. 50. Rein sittlicher, über den Opferdienst sich erhebender
Dienst Jehova's, unmittelbar für Christen anwendbar, nur dass an die
Stelle der Opfer, die wir nicht mehr haben, Gebräuche und solche
Wohlthätigkeitsopfer, die nicht aus Liebe hervorgehen, zu setzen sind.

3. Theokratisches Königthum.

Ps. 101. Pflichten des theokratischen Königs.

Ps. 20. 21. Siegeswünsche an den in den Krieg ziehenden König (zunächst brauchbar in ähnlichen Fällen). Der Krieg muss als ein
für die Sache Gottes und im Vertrauen auf Gott (20, 8. 21, 8) unter-
nommener, welchem darum der Sieg nicht fehlen kann, betrachtet werden. Bei 21, 11. die Betrachtung, dass die Kriege der Alten und auch
der Hebräer Vertilgungskriege waren, eine traurige, für uns nicht mehr
vorhandene Nothwendigkeit.

Ps. 2. 110. 45. 72. Siegreiches, glückliches, segensreiches Walten und Leben des theokratischen Herrschers, der von Gott eingesetzt,
dessen Thron Gottes Thron auf Erden, der in seiner Herrschaft und
Gottesfurcht zugleich König und Priester ist. Da der theokratische
König das Vorbild Christi ist, in dessen geistiger Herrschaft sich Alles
vollendet hat, was dort noch menschlich-unvollkommen war oder höchstens als vollkommen gehofft wurde: so müssen die Psalmen vorbildlich gedeutet, und zwar, weil noch viele Ausleger an der directen
Beziehung auf Christum hangen, muss diese Deutung so gehalten werden, dass es unbestimmt bleibt, ob man eine directe Weissagung an-
nimmt oder nicht; wenigstens darf gegen diese Ansicht kein kritischer
Widerspruch (dem erbaulichen Zwecke so fremd) laut werden. Nur die
Parthie des 45. Psalms, welche von der jungen geliebten Gemahlin des
Königs handelt, verträgt meines Erachtens keine vorbildliche Erklärung.
Ich würde sie zu einer Betrachtung über das auch für einen König
wichtige eheliche Glück benutzen.

*Erklärung von Ps. 2. Vs. 1—3. „Warum toben die Hei-
den und die Leute reden so vergeblich? Die Könige im
Lande lehnen sich auf, und die Herren rathschlagen mit

einander wider den Herrn und seinen Gesalbten: laset uns zerreissen ihre Bande und von uns werfen ihre Seile." Der Dichter spricht von Widerspenstigkeit und Empörung der Heiden, der „Leute" gegen ihren Herrn und seinen „Gesalbten." — — Der Gesalbte des Herrn im höchsten Sinne ist Christus. Gott hat ihn geweiht und bestimmt, König seines Reiches zu sein im Himmel und auf Erden, in welchem sein Name heilig gehalten und sein Wille erfüllt wird, in welchem Gerechtigkeit und Liebe wohnt und Friede und Freude im heiligen Geist. Aber Gesalbte heissen im A. T. auch die Könige, Priester und Propheten, weil sie dazu geweiht und bestellt waren das Reich Gottes auf Erden zu verwalten, Gerechtigkeit zu handhaben, die Wahrheit Gottes zu verkünden, den Dienst Gottes in heiligen Gebräuchen zu versehen, die Menschen zur Andacht zu erziehen; und so können wir auch Könige und Beamtete Gesalbte nennen; denn in einem christlichen Staate soll Gerechtigkeit herrschen, die Gesetze Gottes sollen gehandhabt, Sittenzucht geübt werden. Es soll durch Zucht und Zwang das angebahnt und vorbereitet werden, was in der Kirche, in der christlichen Gemeinschaft durch Glauben und Liebe geschehen soll. Gesalbte können wir auch nennen die Diener des göttlichen Wortes, welche, die Wahrheit verkündend und die Menschen zum Glauben und zur Liebe erziehend, dem Reiche Gottes näher stehen als die weltlichen Beamteten. Gesalbte des Herrn sind endlich alle diejenigen, welche in dieser oder jener Stellung, in gesetzlicher Beamtung oder in freier Wirksamkeit für das Reich Gottes, für die sittliche Verbesserung der Menschen arbeiten. Wer auch nur in einem kleinen Kreise wirkt, hat seine Berufung vom Herrn, und soll für ihn und sein Reich wirken. Jedes christliche Haus soll ein Haus Gottes, sein Tempel sein.

Gegen Christum, gegen das Evangelium finden wir in der Geschichte oft Empörung. Es empörten sich gegen Christum die Hohenpriester und Schriftgelehrten, Herodes und Pilatus, die damaligen Machthaber unter den Juden; sie setzten ihre Feindseligkeit und Verfolgung gegen die Apostel fort. Die römischen Kaiser verfolgten das Christenthum und suchten es auszurotten. Empörungen und gewaltthätige Unternehmungen zeigt uns die Geschichte oft gegen den Frieden des Reiches Gottes auf Erden. Wie oft sind ungerechte Kriege unternommen worden gegen unschuldige Völker. Wie oft zeigt das Leben Empörung und Widerspenstigkeit gegen alle göttliche Ordnung in Staat und Kirche, und selbst die stille Ordnung des christlichen Hauswesens wird getrübt. Es suchen Fremde den Frieden zu stören, oder die eigenen Glieder sind ungehorsam und widerspenstig. Das ganze Leben im Grossen und im Kleinen zeigt uns solchen Kampf der Welt gegen die Sache des Herrn, gegen Wahrheit, Gerechtigkeit und Gottseligkeit. Es tobt der Geist der Welt gegen den göttlichen Frieden. Er betrachtet die Schranken, welche die göttliche Ordnung seinen Leidenschaften entgegensetzt, mit Widerwillen, und die „Bande" der sittlichen Ordnung als drückende Fesseln, die er „zerreissen" möchte. Aber alle solche Empörungen und Widerspenstigkeiten haben keinen Grund, keine Wurzel in sich selbst, und sind vergeblich. Die Heiden toben, die Leute reden vergeblich gegen Gott und seinen Gesalbten.

Vs. 4—7. „Aber der im Himmel wohnt, lachet ihrer, und der Herr spottet ihrer. Er wird einst mit ihnen reden in seinem Zorn, und mit seinem Grimm wird er sie schrecken. Aber ich habe meinen König eingesetzt auf meinem heil. Berg Zion. Ich will von einer solchen Weise predigen, dass der Herr zu mir gesagt hat: du bist mein Sohn, heute habe ich dich gezeuget." Freilich zagt oft der Mensch, der im göttlichen Dienste steht, dem der wichtige Beruf eines Gesalbten in dem oder jenem Sinne geworden, wenn er das Toben hört und die feindseligen Unternehmungen sieht; aber hebt er seinen Blick gen Himmel, so wird ihm auch die heitere Ruhe wiederkehren und seine Besorgniss, als aus menschlichem Misstrauen entstanden, schwinden. Der Glaube lehrt ihn, dass Gott mit ihm ist, und dass, wer Gott dient, nichts zu fürchten hat. Er weiss, dass Gott der Bösen spottet und ihnen mit seinem Zorne entgegentritt. Gott lässt seinen Gesalbten nicht sinken, er beruhigt ihn durch die Versicherung: „ich habe dich eingesetzt auf meinen heil. Berg"; er redet zu den Empörern in seinem Grimme und erinnert sie, dass der Gesalbte von ihm erwählt sei. Allem feindlichen Unternehmen tritt er dämpfend, strafend entgegen, um die göttliche Würde und Einsetzung seines Gesalbten vor der Welt geltend zu machen. Darum ist der Gesalbte auch muthig mitten in der Gefahr; und gerade, wenn diese ihn umringt, wagt er es, laut zu predigen, dass der Herr ihn seinen Sohn genannt hat.

So war Christus gewiss, er habe die Welt überwunden; er ging seinem Leiden entgegen mit der Gewissheit, dass Gott seine Feinde strafen werde, und verkündete die Zerstörung Jerusalems (Matth. 24, 25). Er weinte zwar über die Stadt, aber die göttliche Gerechtigkeit sollte und wollte er walten lassen; und diese straft Alle, die gegen Christum sich empören. Gerade im Kampfe mit seinen Feinden bewies Christus, dass er seiner göttlichen Einsetzung und Würde gewiss war. Im Angesichte seiner Feinde sagte er, sie würden ihn einst als Sohn Gottes auf den Wolken kommen sehen; am Kreuze verwaltete er das Amt des Erlösers bei dem Schächer, gab seine Seele Gott anheim und rief: es ist vollbracht. Auch die Apostel erwiesen sich durch hohen Muth als wahre Nachfolger des Herrn; im Augenblicke des Todes sah Stephanus den Himmel offen und den Sohn Gottes in seiner Herrlichkeit. So Jeder, der sich fühlt als Gesalbten Gottes, sei es in grösserem, sei es in kleinerem Kreise, er zweifle nie, dass Gott mächtiger ist als seine Feinde, dass sein Richterarm nur ruht; er sei gewiss an seiner göttlichen Einsetzung, und dass Gott diese geltend machen werde. Wer treu bleibt und wirkt bis ans Ende, dem wird Gottes Schutz und Lohn nicht fehlen.

Vs. 8, 9. „Heische von mir, so will ich dir die Heiden zum Erbe geben, und der Welt Ende zum Eigenthum. Du sollst sie mit eisernem Scepter zerschlagen, wie Töpfe, sollst du sie zerschmeissen." Das Reich Gottes soll Weltreich werden. Diese Verheissung hat Christus und jeder Gesalbte des Herrn jeder Theil des Reiches Gottes auch im Kleinen. Die göttliche Sache wird siegen, Alles überwinden und die Feinde vernichten.

Vs. 10—12. Warnung an die Empörer, an Alle, die sich gegen die göttliche Ordnung, gegen Christum und sein Reich auflehnen. Warum doch wollen die Menschen gegen Gott aufstehen? Sie haben ja nur Strafe und Unseligkeit zu erwarten. „Lasset euch weisen, dienet dem Herrn

mit Furcht und freuet euch mit Zittern"; unterwerft euch mit
wahrem Gehorsam, mit wahrer Furcht, und in diesem Furcht, in diesem Gehorsam werdet ihr die rechte Freude finden. Widerspenstigkeit gegen Gott
bringt keinen Segen; in der Unterwerfung unter Gott allein findet man die
wahre Freude. Muss man sich auch selbst verläugnen und dem fleischlichen
Menschen wehe thun; der geistige Mensch wird dadurch zur wahren Geistes-
ruhe gebracht. — „Küsset den Sohn" — verehret Christum, den Gesalbten Gottes im höchsten Sinne; verehret und liebet Alle, die auch in ge-
ringerer Stellung Gesalbte und Söhne Gottes sind. — Wohl Allen, die auf
Ihn trauen.

4. Erweiterung der Theokratie zum Weltreiche.

Diese Idee ist nur im Ps. 87 besonders ausgesprochen, kommt
aber hie und da in anderweitiger Verbindung vor, in den Königspsalmen
und Ps. 2.

Erklärung von Ps. 87. Vs. 1, 2 drücken die Freude des frommen Dichters an Jerusalem und der Theokratie aus. Er blickt mit Liebe,
mit Bewunderung hin auf die heilige Stadt, die „fest gegründet ist
auf den heiligen Bergen", und es schwillt ihm das Herz vom vater-
ländischen Stolze. „Der Herr liebet die Thore Zions über alle
Wohnungen Jakobs." Diese Stadt ist vom Herrn ausenkoren und geliebt; in ihr wohnt er; sie ist ausgezeichnet vor allen andern Städten Israels,
denen die Verheissung gegeben ist: „Ich will unter euch wohnen,
ihr sollt mein Volk sein." — Diese Liebe der Juden zum Vaterlande und zur heiligen Stadt ist nachahmungswürdig. Mit welcher Sehnsucht schauten die Frommen im Exil nach Jerusalem, welche Anhänglich-
keit bewiesen sie von jeher an ihr Land und an ihre Stadt! Es war ein
durch die Religion geheiligter Patriotismus; ein Patriotismus aber, der nicht
religiös ist, der sich nur auf irdische Selbstsucht gründet, ist verwerflich,
und erzeugt egoistische, menschenfeindliche Gesinnungen, besonders Herrschsucht. Allerdings bringt jeder Patriotismus eine Art von Herrschsucht mit
sich; auch der jüdische hatte eine solche; aber seine Herrschsucht war eine
geistige und liebevolle; er wollte die Segnungen der wahren Religion allen
Völkern mitgetheilt wissen, und fasste die Hoffnung, dass dies in der Zukunft geschehen werde.

Insofern nun der Patriotismus des Dichters religiös ist und insofern
die jüdische Theokratie in die christliche Kirche übergegangen ist, muss
Vs. 1 u. 2 auf den kirchlichen Patriotismus unserer Zeit, auf die Liebe und
Theilnahme, die wir für unser Kirchenwesen haben sollen, angewendet werden. Unsre Stadt Gottes ist die christliche Kirche. Sie ist von Gott fest-
gegründet auf dem Eckstein Christi; der Herr liebt sie vor allen andern
religiösen gottesdienstlichen Formen. Dieses Gefühl des Besitzes der allein
wahren Religion soll uns mit freudigem Jubel erfüllen. Wehe uns, wenn
wir gleichgültig sind, wenn wir denken, andere Religionen seien eben so
gut als die unsrige; wenn nicht auch wir einstimmen in die Worte: „Der
Herr liebet die Thore Zions über alle Wohnungen Jakobs."
— Mit dieser Liebe sollen wir uns fest anschliessen an das, was uns gegeben ist, und es zu mehren suchen; wir sollen der Kirche Christi als unser

Streben, all unsern Eifer widmen. Oder wie könnte eine solche Liebe selbstsüchtig sein? Wer könnte nicht suchen, das Heil, das uns beglückt, auch Andern mitzutheilen? Auch wir müssen mit dem Psalmisten hoffen und wünschen, und dahin wirken, dass das Christenthum zu den Völkern komme, die es noch nicht kennen.

Vs. 3—6. „Herrliche Dinge, d. h. Hoffnungen, Weissagungen, werden in dir geprediget, du Stadt Gottes." Propheten traten auf und verkündeten, dass das Wort Gottes ausgehen werde von Jerusalem. Viele Völker sollten Bürger Jerusalems werden; alle Nationen soll die christliche Kirche in sich fassen. Die Nationalität hört auf, ein religiöser Unterschied zu sein; alle Völker sind Brüder und Söhne Gottes. „Der Herr wird predigen lassen in allerlei Sprachen."[) Das Wort Gottes war bis zu Christi Zeit an die hebräische Sprache gebunden; mit Christo wurde es Eigenthum aller Sprachen und Denkweisen.

Vs. 7. „Und die Sänger, wie am Reigen, werden alle in dir singen, eins ums andre." Wenn die Völker vereinigt sind in der Kirche Christi, da werden Alle einmüthig das Lob Gottes singen und danken für seine Gnade und Güte. Aller Streit und Hass wird dann aufhören; alle sind geheiligt, voll Friede und Freude im Geiste des Herrn.

5. Theokratisches Leben, öffentliches und besonderes, und zwar theils ohne den Gegensatz der Sünde und ihres Unheils, theils mit verschiedener Auffassung dieses im theokratischen Leben zu überwindenden Gegensatzes.

a. Gesegnetes Leben des Frommen: Ps. 128. (Auch Ps. 23. 127 gehören gewissermassen hieher). Genügsamkeit in Gott: Ps. 131.

b. Siegreiche Ueberwindung dieses Gegensatzes, und zwar α. als eines äussern (des Heidenthums), wobei noch der Unterschied der siegenden Theokratie vor dem Exil und der wiederhergestellten nach dem Exil zu beobachten ist.

Ps. 47. 68. Gott als siegreicher Unterwerfer der Feinde der Theokratie, im Triumph zurückkehrend auf Zion. Ueber die Idee des nach alttestamentlicher Ansicht gottgefälligen, ja von Gott selbst geführten Kampfes der Israeliten mit den Heiden und der Unterwerfung der letztern unter die Herrschaft der erstern ist für die erbauliche Behandlung zu bemerken, dass zwar Gott ein Gott des Friedens ist, die Herstellung seines Dienstes und Reiches aber bei den Israeliten nicht ohne Kampf und Unterwerfung möglich war: einmal der Kananiter, weil diese das Land eingenommen hatten, auf welche Sehnsucht und Hoffnung der

---

[) Diese falsche Uebertragung Luther's erlaubt eine sinnvolle Deutung und ist daher befolgt worden.

erstern gerichtet war, und woselbst allein es Mose gelingen konnte, sie
in einem festen Staate zu vereinigen: sodann der benachbarten Völker,
weil diese durch Befehdung und böses Beispiel der Theokratie gefährlich wurden; dass aber die Idee einer friedlichen Erweiterung der Theokratie und Verbindung der Israeliten mit andern Völkern sich selbst im
A. T. später entwickelt hat; dass auch leider für christliche Völker bisher der Krieg noch nicht aufgehört hat, eine traurige Nothwendigkeit
zu sein, wie überhaupt der Zwang und die Gewalt des Schwertes gegen
die widerstrebende böse Natur des Menschen immer nothwendig bleiben
wird. — Der triumphirende Aufzug Gottes gen Zion kann als Vorbild der
Verherrlichung Christi nach seinem Tode genommen werden (Stier), aber
eher in gegensätzlicher als gleichartiger Weise, indem Jehova dort das
Blut der Ungläubigen, Christus aber sein eigenes Blut für sie ver-
gossen, jener durch Gewalt, dieser durch Liebe gesiegt hat.

Ps. 98 ein nachexilischer Ps., dankt für die Hülfe, welche Gott
Israel geschafft hat, und hofft noch grössere Gerichte über die ungläubige Welt (vgl. Ps. 96).

Auf besondere theokratische Siege und Rettungen beziehen sich
folgende Psalmen.

Ps. 46. Bei auswärtigen Unruhen blieb Jerusalem ruhig, indem
Jehova die Kriege schwichtigte. — Ein schönes Bild eines friedlichen
(neutralen) Staates, vertrauend auf seinen Gott und sein Recht mitten
in Völkerbewegungen.

Ps. 48. Rettung Jerusalems durch den Sieg über fremde Völker.
— Die Könige kamen, sahen, erschraken, flohen (Vs. 5—7): ein spre-
chendes Bild der Nichtigkeit menschlicher Unternehmungen dem gerechten, hülfreichen Gott gegenüber. Uebrigens schöne Gedanken der Dankbarkeit, des Gottvertrauens, der Vaterlandsliebe. In Vs. 13 f. verbindet
sich schön die Liebe zur Vaterstadt mit dem Danke gegen Gott.

Ps. 76. ähnlich.

Ps. 75. Gott half durch ein Strafgericht „zur rechten Zeit"
(allgemeine Idee: Gott ergreift immer den rechten Zeitpunkt), und beugt
zu jeder Zeit den Stolz der Uebermüthigen.

Ps. 18. Rettung des theokratischen Königs David aus einer gewissen Gefahr, wie früher aus mehreren Gefahren und Kämpfen.

Hier sind folgende Punkte für die erbauliche Benutzung herauszuheben und zu beleuchten. Im Vs. 2 f.: „Herzlich lieb habe ich dich, Herr, meine Stärke" etc., muss das Gefühl der Liebe Gottes, als unseres Wohlthäters, recht verlebendigt werden. Vs. 8 — 20: die Darstellung der Rettung als einer durch die Erscheinung Gottes im Gewitter geschehenen, drückt eines Theils das Gefühl der menschlichen Abhängigkeit, Ohnmacht und Demuth aus, indem David seiner gegen die Feinde bewiesenen Tapferkeit und Klugheit gar nicht gedenkt; andern Theils das Gefühl der Nähe Gottes in Gefahren und jeder Lage des Lebens. Vs. 21—28: das (etwas zu zuversichtliche) Bewusstsein, dass Gott dem David nach seiner Rechtschaffenheit gethan habe, kann, ohne mit dem christlichen Demuthsgefühle Anstoss daran zu nehmen, als objectiver Ausdruck der Wahrheit genommen werden, dass Gott einer gerechten Sache hilft. Die sich daran schliessende höhere Idee, dass wie der Mensch gegen Gott, so auch Gott gegen den Menschen, dass er entweder mit ihm in Harmonie oder Zwiespalt sei, hat ihre hohe Wahrheit: mit einiger Beschränkung, in Beziehung auf das Aeussern, für die grossen Verhältnisse und Schicksale der Völker und ihrer Führer, (für die kleinern der einzelnen hingegen weniger), und in Beziehung auf das Innere unbeschränkt.

Nachexilisch und nicht so, wie die bisherigen, die Jugenkraft und das heitere Vertrauen des theokratischen Geistes ausdrückend, dagegen die Ideen der Läuterung durch Prüfung, dass Gott die Seinen nicht untergehen lässt und dgl., darstellend, sind die Rettungspsalmen Ps. 66 107. 118. 124. 129.

Ps. 118, 22.: „Der Stein, den die Bauleute verworfen, ist geworden zum Eckstein", leidet noch mehrere Anwendungen als die bekannte auf Christum.

Eine sehr freudige Stimmung des Volks in späterer Zeit drückt Ps. 149 aus.

β. Siegreiche Ueberwindung eines innern Gegensatzes im Volke selbst. Der Geist der Theokratie durchdrang nicht Alle, die Nation zerfiel in Fromme und Frevler.

Ps. 1. 112. Glück des frommen theokratischen Bürgers, im Gegensatze mit dem Verderben des Frevlers. (Sehr schlägt in diese Ideen auch Ps. 92 ein). Da hier keine Zweifel-bestreitende teleologische Theorie (wie in Ps. 37. 73, wovon nachher) gegeben, und Ausnahmen und Schwierigkeiten durch keine Behauptungen beseitigt werden, welche der christlichen Vergeltungslehre zuwiderlaufend erscheinen könnten; da auch die Anschauung des Glücks des Frommen und des entgegengesetzten Looses des Frevlers ideal (urbildlich) ist, so ist die erbauliche Betrachtung ohne

allen Gegensatz auf die Wahrheit, dass die Frömmigkeit ihren Segen
und die Gottlosigkeit ihren Unsegen schon in diesem Leben mit sich
führen (höchstens mit Andeutung der durch Gottes unerforschliche Rath-
schlüsse herbeigeführten Ausnahmen), zu richten.

*Erklärung von Ps. 1. Vs. 1. „Wohl dem, der nicht wan-
delt im Rathe der Gottlosen" etc. Die frommen sind glücklich zu
preisen; man hat Gefallen an der Betrachtung des Lebens eines Gerechten,
es gewährt einen erfreulichen Anblick und man verweilt gern dabei. Einen
solchen hat der Dichter hier vor Augen; er hat ihn lange und mit Aufmerksamkeit betrachtet, und bricht in den Ausruf aus: „Wohl ihm!" —
Nun beschreibt er das Leben eines Gerechten. Die Gerechtigkeit besteht
zunächst darin, dass man das Böse meidet (Hiob 1, 1. Ps. 37, 27), und bei
der Erziehung ist es eine Hauptsache, die Kinder vom Bösen ferne zu halten.
Der Jüngling meide böse Gesellschaft! — Die Gottlosen rathen und verfüh-
ren zum Bösen, drängen sich überall mit ihren Rathschlägen vor und suchen
sie selbst noch den Erwachsenen aufzudringen. Der Fromme aber hütet
sich, ihren Rath anzuhören und zu befolgen (Spr. 1, 10), sondern hält sich
an den Rath der Guten, seiner Eltern und Lehrer, und bewahrt ihre Worte
in einem treuen Herzen. „Er tritt nicht auf den Weg der Sünder,
noch sitzet er da die Spötter sitzen." Der Fromme folgt dem
bösen Beispiele nicht; er meidet die Orte, wo der Leichtsinn herrscht, wo
frevelhafte Rede und Spott über das Heilige gehört wird; er flieht die Gesellschaft derer, die nur dem sinnlichen Vergnügen nachjagen. Der Jüngling zumal hat sich vor solcher Gesellschaft zu hüten, denn leicht wird da
das Herz verderbt, und der Ernst des Lebens, die Ehrfurcht vor dem Heiligen, verloren.

Vs. 2. „Sondern hat Lust zum Gesetz des Herrn, und
redet von seinem Gesetz Tag und Nacht." Viel ist gewonnen,
wenn man das Böse meidet; allein damit ist noch lange nicht Alles erreicht.
Nur Pharisäer begnügen sich damit, nicht Räuber, Ehebrecher und Ungerechte zu sein. Zum gottgefälligen Leben gehört mehr. Man muss das
Gute thun; aber auch nicht bloss thun, etwa nach irgend einer äussern
Vorschrift, oder nach Gewohnheit; sondern aus dem Herzen muss es kommen, man muss „Lust haben am Gesetze des Herrn", Gott und
sein Gebot von Herzen lieben; das Herz muss erfüllt sein mit guten Trieben
und Neigungen. — Diese Liebe wird aber genähret dadurch, dass man über
das Gesetz sinnet, „davon redet Tag und Nacht", dass man
sich nicht damit begnügt, das Gute dunkel und unbestimmt zu fühlen, sondern eine klare, lebendige Vorstellung davon zu gewinnen sucht.

Vs. 3. „Der ist wie ein Baum gepflanzet an den Wasserbächen, der seine Früchte bringet zu seiner Zeit, und seine
Blätter verwelken nicht; und was er macht, geräth wohl."
Der Dichter vergleicht den Frommen mit einem Baume an Wasserbächen
gepflanzet. — Was ist lieblicher als ein kräftiger Baum, dem es nie an
Nahrung gebricht, der seinen Wipfel froh in die Luft trägt und seine Zweige
schattend ausbreitet. Er ist ein Bild des gesunden, gedeihlichen Lebens,
des wahren Wohlergehens, und zugleich eines kräftigen, fruchtbringenden

55

Lebens. Der Baum saugt Nahrung aus den Wasserbächen, an denen er gepflanzt ist.: so der Fromme Lebenskraft aus dem Wasser des Lebens, das er von Gott und Christo empfängt. Sein Dasein wurzelt in dem einzigen Lebensquell, Gott, den er liebt, dessen Andenken er in seinem Gemüths trägt. Der Baum verbreitet seine Lebenskraft durch alle seine Zweige: so ist auch der Gerechte voll von Thatkraft und von Freude im christlichen Geiste; das Leben in Gott durchdringt ihn durch und durch, alle seine Gedanken, Gefühle und Neigungen und Entschlüsse gehen aus dieser Lebenskraft hervor. „Seine Blätter welken nicht"; ihm droht keine Dürre, kein Mangel. Mögen Andere auf trockenem Boden welken in der Hitze des Sommers; dem Frommen droht kein Uebel. Wenn auch Leiden und Gefahren ihn umringen, er überwindet Alles durch den Glauben und die Liebe, durch die innere Lebenskraft, die er aus dem Wasser des Lebens zieht; auch das Uebel wendet der Christ zu seinem Besten. Der Psalmist will nicht sagen, dass den Frommen keine Prüfung treffen könne, aber dass er sich stets emporraffe durch sein Vertrauen auf Gott. Die Frommen darben nicht, leiden nicht Mangel, sind frisch und saftig, grünen wie die Palmen im Vorhofe Gottes (Ps. 92, 12). Die innere Lebenskraft aus Gott, welche der Fromme in sich trägt, entwickelt sich nicht blos zu einem gedeihlichen Leben auf dieser Erde, sondern entfaltet sich in ihrer ganzen Fülle erst jenseits in der Ewigkeit, überwindet den Tod, und vollendet und erklärt sich in einem ewigen, seligen Leben bei Gott. — Der Baum bringt aber auch „Früchte zu seiner Zeit." Das blos passive Wohlsein ist nicht das rechte; die innere Lebenskraft muss sich in der That erweisen; und was im Herrn begonnen wird, das geräth wohl. Wenn es auch in den Augen der Menschen misslingt, am Ende dringt es doch durch; ist ein Werk von Gott, so kann man es nicht unterdrücken. Keiner werde daher muthlos, wenn auch einmal etwas ihm misslingt. Einzelne Handlungen können erfolglos verschwinden, ein ganzes Leben in Gott niemals. Sollte es auch nur ein Samenkorn, in die Erde gelegt, sein; zu seiner Zeit geht es auf und bringt Frucht. Und die schönsten Früchte trägt das gottselige Leben einst in der Ewigkeit. Denen, die in dem Herrn sterben, folgen ihre Werke nach.

Vs. 4. 5. Das Leben der Gottlosen hingegen, ohne tiefe Wurzel in Gott, hat keinen Bestand, kein Gedeihen, keinen Frieden. „Sie sind wie Spreu, die der Wind zerstreut." Sie können der Widerwärtigkeit nicht widerstehen, und erliegen in Gefahr und Noth, weil sie ohne die Kraft des Glaubens und der Liebe sind. Auch ihre Werke zerstieben in Nichts, sie tragen keine Früchte, und die sie tragen, fallen bald ab, oder vergehen spur- und segenslos.

Vs. 5. „Sie bleiben nicht im Gerichte." Gott richtet über die Gottlosen und ihre Werke schon in dieser Zeit, indem er Verachtung über sie bringt, so dass sie aus der Gemeinschaft der Gerechten ausgestossen, und ein Gegenstand des allgemeinen Abscheu's werden; auch ihre Werke richtet er dadurch, dass sie in ihrer Nichtigkeit und Schädlichkeit erscheinen und aus dem Menschenleben weggetilgt werden. Und dann erwartet sie das schlimmste Gericht in der Ewigkeit; sie werden ausgeschlossen aus der Zahl der Seligen, ausgetilgt aus dem Buche des Lebens.

Vs. 6. „Denn der Herr kennet den Weg der Gerechten"

und der Gottlosen). Seiner Allwissenheit, mit welcher er die Gesinnungen und Thaten der Menschen prüft, ist Nichts verborgen, er kennt Alles und achtet auf Alles. Wenn er auch seine Gerichte aufschiebt, so unterlässt er doch niemals sein Richteramt. „Der Weg der Gottlosen vergehet." Gott hat es so geordnet, dass das Thun und Treiben derselben zum Untergange führet, und diese Ordnung wird höchstens scheinbar unterbrochen; am Ende aber und sicher in der Ewigkeit tritt sie in Kraft.

*Erklärung von Ps. 112. Vs. 1. „Wohl dem, der den Herrn fürchtet" u. s. w. „Den Herrn fürchten" schliesst in sich das Gefühl der Abhängigkeit, der Unterwerfung, der Demuth und somit auch das Vertrauen zu Gott; sodann den sittlichen Gehorsam, die Gerechtigkeit und Tugend. Der Gerechte erkennt den göttlichen Willen als höchstes Gesetz über sich: er folgt nicht seinen Begierden und Einfällen, sondern unterwirft sich den Gesetzen, die Gott ihm geoffenbart hat. Diese aber erfasst er nicht mit knechtischem Geiste, sondern mit freier Liebe, mit selbstständiger Freude am Guten. „Er hat grosse Lust zu den Geboten des Herrn."

Vs. 2. „Dess Same wird gewaltig sein auf Erden, das Geschlecht der Frommen wird gesegnet sein." Diese Gesinnung pflanzt er fort auf seine Nachkommen und auf die, welche mit ihm in Gemeinschaft stehen: so Abraham auf seine Söhne und Kindeskinder, unter denen sich die Furcht Jehova's und die Lust an seinem Gesetze erhielt, trotz aller Abtrünnigkeit und Unbeständigkeit. So ward er der Stammvater des Volkes Israel auch in geistger Hinsicht und auch der Christen. So kann auch ein Jeder von uns auf seine Nachkommen und auch in weitern Kreisen Gottesfurcht und Sittlichkeit verbreiten. — Gottesfurcht und Sittlichkeit aber machen mächtig, äusserlich und innerlich stark und führen Segen mit sich, der sich von Geschlecht zu Geschlecht, fortpflanzt. Familien und Völker, die den Herrn fürchten von Geschlecht zu Geschlecht, werden fort und fort blühen.

Vs. 3ff. „Reichthum und Fülle wird in ihrem Hause sein, und ihre Gerechtigkeit bleibet ewiglich. Den Frommen geht das Licht auf in der Finsterniss. — Wohl dem, der barmherzig ist, und gern leihet. — Wenn eine Plage kommen will, so fürchtet er sich nicht; sein Herz hofft unverzagt auf den Herrn. Sein Herz ist getrost und fürchtet sich nicht, bis er seine Lust an seinen Feinden siehet. Er streuet aus und gibt den Armen; seine Gerechtigkeit bleibt ewiglich! etc. Da, wo sich das Leben voll entwickelt, werden auch die irdischen Güter nicht fehlen. Aus der Qelle der Gottesfurcht und der Lust am Gesetze entwickelt sich ein freudiges, in jeder Hinsicht reiches Leben. Alle Arten von Tugenden und Wirksamkeiten zieren das Haus, in dem Frömmigkeit wohnt. Reich ist der Gottesfürchtige an Erkenntniss; das Licht, aus dem Worte Gottes geschöpft, entwickelt sich zur Lebensweisheit; er ist auch reich an jeder Art von Kunst und Fertigkeit, die nothwendig ist zum Leben; denn er bildet seine Gaben mit Ernst und Eifer und übt sie mit Begeisterung; er ist reich an Muth, Ausdauer und Geduld. Und diess hilft auch zu äusserem Glücke. Allein dieses macht nicht den Lebenszweck des Frommen

aus, und oft ist Armuth gerade sein grösster Reichthum; er streuet seine
Güter mit freigebigen Händen aus für andere Menschen und für höhere
Zwecke. Oft hindert ihn auch die Stellung in seinen Verhältnissen am Erwerbe
der Güter, oder er wird geprüft mit dem Verluste derselben; aber s e i n e
Gerechtigkeit bleibet ewig; sie besteht unter allem Wandel; er ist
der Gerechte in Reichthum und Armuth, in Ehre und Schande, sein Werth
hängt nicht ab von äussern Umständen und Schicksalen.

Manchmal will wohl e i n e P l a g e k o m m e n, und er hat Feinde
die sein Glück zu untergraben suchen; aber da sein Herz nicht an irdischen
Gütern hängt und u n v e r z a g t a u f d e n H e r r n h o f f t, so bleibt er
g e t r o s t, und ist gewiss, dass seine Feinde zu Schanden werden. Er siehet
s e i n e L u s t a n s e i n e n F e i n d e n, er freuet sich, dass Gott ihm gegen
sie hilft, ihre Anschläge vereitelt, der guten Sache den Sieg verschafft, nicht
mit fleischlicher Schadenfreude, sondern mit demüthiger Dankbarkeit gegen Gott.

Von dem Anlasse einer besondern Rettung ausgehend, enthalten
Ps. 34. 138. den Gedanken, dass die Frommen in Jehova's Schutz stehen.

Ps 30. 116. danken ebenfalls für eine besondere Rettung.

*Erklärung von Ps 30. Vs. 1—5. Ein aus grossem Unglück Er-
retteter preiset den Herrn. Seine Feinde hatten schon gehofft, ihn zu unterdrücken, aber Gott hat ihn „erhöhet"; sie hatten gehofft, über ihn zu
triumphiren; aber Gott „liess sie sich nicht über ihn freuen." Er
war krank, Gott aber hat ihn „gesund gemacht"; er war dem Tode
nahe, Gott aber hat ihn gleichsam „aus der Hölle wieder herausge-
führt." Gott kann uns aus jedem, auch dem tiefsten Unglücke erretten;
ja, Gott allein ist es, der da rettet: nicht menschliche Kraft vermag diess,
nicht das, was man Schicksal nennt. Gott, der einzige Helfer, muss ange-
rufen werden. „Ich schrie zu dir, da machtest du mich gesund." Nicht der Menschen Hülfe sollen wir suchen, wenn schon sie auch
nicht zu verschmähen ist, sondern zu Gott unsre Zuflucht nehmen und, ge-
rettet, Gott danken. Auch Andern sollen wir die Ehre Gottes verkünden,
sie auffordern, ihm zu danken. „Ihr Heiligen, lobsinget dem
Herrn!" Ja, Gott gebührt unser Aller Dank; gerne stimmen wir ein in
diese Lobpreisung. Jeder Mensch hat Veranlassung dazu; auch uns hat
er aus Gefahren errettet, auch uns viele Wohlthaten erwiesen.

Vs. 6. „Denn sein Zorn währet einen Augenblick, und
er hat Lust zum Leben" (richtig allein: „Lebenslang seine
Huld"); den Abend lang währet das Weinen, aber des Mor-
gens die Freude." Die Güte des Herrn ist gross, und erstreckt sich
über Alles, das er gemacht. Es gibt zwar einen Wechsel von Gnade und
Zorn, Licht und Finsterniss; aber die Güte überwiegt den Zorn, das Licht
überstrahlt die Finsterniss, die Freude die Trauer. Heiter schaut der Fromme auf das Leben, trotz all seinem Wechsel. Nur der Selbstsüchtige will,
dass es keinen Wechsel gebe, dass ihm immer die Sonne des Glücks scheine.

Vs 7—9. Wenn unser Glück andauert, gerathen wir in Sicherheit.
So auch unser Dichter. Er glaubte, er werde nimmermehr darniederliegen.
„Ich aber sprach, da mir's wohl ging: Ich werde nimmer-

mehr darniederliegen. Denn durch dein Wohlgefallen hattest du meinen Berg stark gemacht" (mein Glück scheinbar fest gegründet.) Wie gefährlich ist eine solche Gesinnung! Sie gibt keine rechte Fassung im Unglück. Der Dichter erschrak, da es kam: „Da du dein Antlitz bargest, erschrak ich." Hätte er den Wechsel des Lebens gehörig erwogen, so wäre er nicht erschrocken; darum war es gut, dass das Unglück ihn aufweckte aus seiner Sicherheit. Die Sicherheit bringt nur zu oft den Nachtheil mit sich, dass man im Unglücke nur bei sich selbst und den Menschen Hülfe sucht und Gottes vergisst, sowie man im Glücke seiner vergessen hat. Nicht aber so der Dichter. „Ich will, Herr, rufen zu dir etc.

Vs. 10 f. Der Dichter fleht zu Gott: „Was ist nütz an meinem Blut, wenn ich todt bin? Wird dir auch der Staub danken, und deine Treue verkünden?" Er flehete vermöge der natürlichen Liebe zum Leben: Gott möge doch sein Blut schonen, ihn nicht in Staub verwandeln. Er flehete aber nicht aus selbstsüchtiger Liebe zum Leben, er möchte noch nützen mit seinem Leben, glaubt aber, dass er im Tode es nicht mehr könne; er möchte leben, damit er auf Erden Gott diene und ihn preise. Wir wissen aber, dass den Zwecken Gottes auch ein früher, gewaltsamer Tod des Menschen zuweilen dient; daher sollen wir in Todesgefahr nach Christi Beispiel uns in den Willen Gottes ergeben. Ist es Gottes Wille, dass wir sterben, so unterwerfen wir uns: können wir nicht ferner in diesem Leben ihn preisen, so wollen wir seinem Rufe gerne in jene Welt folgen und dort fortfahren, ihm zu dienen, ihn zu loben und zu preisen. Denn wir wissen ja durch unsern christlichen Glauben (den freilich der fromme Dichter noch nicht hatte), dass wir auch dort im Angesichte Gottes wandeln, ja ihn dann noch besser preisen, ihm noch heiliger dienen werden.

Vs 12. f Diessmal war es der Wille des Herrn, den Dichter noch am Leben zu lassen; er verwandelte sein Unglück in Glück, „seine Klage in Reigen" (in Freude und Jubel), damit er dankbar „lobsinget seiner Ehre." Das ist eine schöne Frucht des Unglückes, dass wir Gottes erkennen und dankbar preisen können.

Der schöne Ausdruck des Vertrauens Ps. 116, 10: „Ich vertraute, wenn ich auch sprach: Viel muss ich leiden", ist durch die Luthersche Uebersetzung ganz verwischt. Der Gedanke Vs. 15: „Kostbar ist in Jehova's Augen der Tod seiner Frommen" (von Luther nicht gut wiedergegeben), ist nach der richtigen Idee der *providentia specialissima* so zu fassen, dass die Frommen eben den lebendigsten Vorsehungsglauben haben, und weil sie Gott lieben, innig und fest glauben dürfen, dass sie auch von ihm geliebt werden und in seinem besondern Schutze stehen. Dass der Dichter seinen Dank durch Erfüllung seiner Gelübde beweisen will (Vs. 14), bedarf der Nachhülfe, dass diese Gelübde auch fromme Lebensvorsätze in sich schliessen müssen (vergl. Ps. 40, 7—9).

Dagegen drückt Ps. 16 im ruhigen Gefühle der vollen, treuen
Hingabung an Gott und der Zufriedenheit mit dem von ihm geschenkten Loose, die Zuversicht gegen Lebensgefahr aus. — Vs. 10 ist zwar
zunächst von der Erhaltung des irdischen Lebens zu verstehen, enthält
aber auf unbewusste Weise (wie schon im Commentar bemerkt ist) die
eigentliche Lebenshoffnung oder die Idee der Unsterblichkeit, die sich
in Christo zuerst verwirklicht hat.

γ. Die Sünde durchdrang mit ihrem Gifte die ganze Nation und
stürzte sie ins Elend; sie ward aber durch Gottes Sünden-
tilgende Gnade überwunden.

Ps. 103 dankt für die verzeihende Gnade Gottes, durch welche
die Nation (aus dem Exil) erlöst wurde, auf eine das christliche Gemüth unmittelbar ansprechende Weise.

ε. Dieser Gegensatz erscheint als ein erst zu über-
windender in Klagen über die Uebermacht der Feinde der Theokratie, der äussern und innern, über Kriegsunglück, Verwüstung, politische
und bürgerliche Unterdrückung, Nachstellung, in Bitten um Hülfe, in
welchen die Hoffnung und das Vertrauen gewöhnlich siegreich hervor-
dringt, in andern überwiegt. Mit dem äussern Kampfe verbindet sich
aber nicht selten der innere Sündenkampf, weil die Frommen selbst
sich schuldig oder doch in Gefahr zu sündigen finden.

Einen Uebergang bilden Ps. 126. 40, welche Danksagung für em-
pfangene Hülfe und Bitte um neue enthalten. — Die classische Stelle
40, 7—9 enthält die gar nicht sonstiger Analogieen entbehrende Idee,
dass der beste Dank gegen Gott Gehorsam sei. Ohne den Gebrauch,
den der Hebräer-Brief davon gemacht hat, würde man kaum an das
Opfer Christi dabei denken, weil dieses ja kein Dank-Opfer war; indessen ist man deswegen bei öffentlicher Behandlung wohl genöthigt,
die Idee so weit auszudehnen.

α. Klag-, Bitt-, Trost-Lieder in äusserem Unglücke, wobei
auf den Gradunterschied der dabei sich ansprechenden Hoffnung und
Zuversicht zu sehen ist.

אָ. Klagen und Bitten mit überwiegender Hoffnung.

Ps. 125. Vertrauensvolle Hoffnung, dass Jehova sein Volk von
der Herrschaft des Frevels erlösen werde.

Ps. 85. Bitte um gänzliche Wiederherstellung des Volkes; Warnung, dass dieses nicht zur Thorheit zurückkehre (das Unglück witzigt!); Hoffnung, dass in dasselbe Gerechtigkeit und Wohlstand zurückkehren werde.

Ps. 94. Bitte um Bestrafung der Israel in den Staub tretenden Heiden; Festhaltung des Glaubens, dass Jehova Alles sehe und sein Volk nicht verlasse, Beruhigung des Gemüths durch diesen Glauben, Erfahrung der schon wirksamen Hülfe Gottes — Alles diess bestätigt durch die nachherige Demüthigung der Chaldäer und die Zurückführung Israels, und leicht anwendbar.

Ps. 82. Weissagung des Gerichts, das Gott über die ungerechten heidnischen Herrscher halten wird. (Nach Andern bezieht sich der Psalm auf israelitische Richter. Der erbauliche Erklärer kann bei dem streitigen Standpunkte der historischen Auslegung eine neutrale Stellung nehmen und beiderlei Beziehung fassen.) Hauptgedanke: die Herrschaft der Ungerechtigkeit im menschlichen Leben wird endlich von der göttlichen Gerechtigkeit gedämpft.

‌ב. Klagen und Bitten in schweren Zeiten, in Kriegsnöthen, Verbannung, mit mehr oder weniger Hoffnung und Freudigkeit.

Ps. 60. Das Land war sehr erschüttert und in der grössten Gefahr; doch ermannt sich der König (nach der Ueberschrift David, wogegen der historische Ausleger sich erklären· muss, während der erbauliche, wenn er es rathsam findet, dabei bleiben kann) zu Siegeshoffnungen. — Praktischer Gedanke: ein Volk darf im Vertrauen zu Gott nie verzweifeln.

Ps. 83. Aehnlich, nur dass bei der (etwas leidenschaftlichen und allzusehr vorschreibenden) Bitte um Vertilgung der Feinde stehen geblieben wird. — Kann der erbauliche Erklärer den weniger ansprechenden Psalm nicht vorbeilassen, so ist der Eifer der auf Gottvertrauen gegründeten Vaterlandsliebe zu empfehlen.

Ps. 44. 74. 79. 80. beziehen sich auf die letzte grosse Noth Israels vor dem Exil, die Zerstörung des Tempels u. s. w. — Ps. 44 bietet sowohl dem historischen, als dem praktischen Ausleger eine grosse Schwierigkeit in der Betheurung der Unschuld und Glaubenstreue der Nation (Vs. 18—23), da doch nach andern Zeugnissen und Nachrichten ihr Untergang verschuldet war. Denn war auch seit Josia der Götzendienst ausgerottet, so werden doch die nachfolgenden Könige als übelthuend bezeichnet (2. Kön. 23, 32. 37. 24, 9. 18.), und die alte Schuld wirkte fort. Wir müssen annehmen, dass der Dichter nur an seine eigne und die Unschuld des bessern Theiles der Nation dachte (wobei freilich die Objectivität und Allgemeingiltigkeit seiner Rede verloren geht), und seiner Klage die Wahrheit entgegen setzen, dass fremde und frühere Schuld auch die Unschuldigen mit ins Verderben reisst. — Ps. 79, 8. gedenkt der Schuld der Vorzeit und bittet um Sündenvergebung, wobei die Betrachtung Statt findet, dass Gott ungeachtet seiner Barmherzigkeit den sich entwickelnden verderblichen Folgen der Sünde ihren Lauf lässt. Ebendaselbst und Vs. 10 die Bitte: Gott solle um der Ehre seines Namens willen helfen und rächen. Dagegen die Bemerkung, dass gerade durch die Bestrafung Israels die Ehre seines Namens, als des Gerechten, sich bewährt habe. Bei Ps. 80, 16. „Beschütze den Sohn, den du dir erkoren" (Luther weniger richtig), die Bemerkung, dass Gott seine Söhne, eben weil er sie liebt, züchtigt. Durch diese Berichtigungen wird freilich ein Schatten auf diese heil. Dichter geworfen; aber sie standen ja noch im Dunkel des A. T., und wir können ihnen keine solche Inspiration zuschreiben, dass sie immer die Rathschläge und Führungen Gottes klar erkannt und schon die reinsten christlichen Ansichten gehabt hätten.

Ps. 89. Klage eines Königs über sein gesunkenes Haus, im frohwehmüthigen Rückblick an Jehova's frühere Gnadenbezeugungen — durch den Gedanken, dass die Nachkommen Davids die Gnade Gottes verscherzt haben, leicht zur fruchtbaren Anwendung zu bringen.

Ps. 137. Schmerz- und Rachgefühl eines heil. Sängers im Exil. Er entweihte die heil. Lieder nicht dadurch, dass er damit den Besiegern seines Volkes diente (Vs. 3. 4), und trug das heil. Andenken an sein Vaterland in treuer, stolzer Brust (Vs. 5. 6) — edle sittliche Gesinnungen, welche wohl ansprechen. — Ueber das Vs. 7—9 und in mehrern der bisherigen Psalmen sich aussprechende Rachgefühl nachher.

Ps. 123. Stossseufzer des Volks unter dem schmählichen Drucke der Feinde — sehr ansprechend durch die gänzliche Ergebung in den Willen des Herrn.

7. In manchen Psalmen wird das Unglück der Nation als selbstverschuldet angesehen und ein bussfertiges Gefühl ausgedrückt.

Ps. 78 stellt die Urgeschichte, besonders den Abfall des Zehen-Stämme-Reichs als Warnungsspiegel dar. — Hieher gehören auch noch andere Psalmen, die wir unter andern Gesichtspunkten betrachtet haben, wie Ps. 105. 106.

8. In mehrern Psalmen ist das äussere allgemeine Unglück mehr oder weniger in besonderer Beziehung auf Einzelne, die dabei kamen, gefasst; und auch hier ist ein Unterschied in der Stimmung bemerkbar.

Ps. 121. „Hülfe kommt von Jehova, dem Hüter Israels, der nicht schlummert" — sehr ansprechend und fruchtbar auch für uns.

Im Ps. 77 richtet sich ein Leidender durch das Andenken an die Grossthaten Gottes in der frühern Geschichte seiner Nation auf. — Erbauliche Wahrheit, dass wir uns in den Leiden der Gegenwart durch Rückblicke auf die Führungen Gottes in unsrer eigenen und der allgemeinen frühern Geschichte aufzurichten haben.

Ps. 61. 62. („Auf Gott hofft still meine Seele") Ps. 63 Ausdrücke des siegenden Gottvertrauens, Ps. 62, 10 f. im Gegensatze mit dem Vertrauen auf Menschen und irdischen Reichthum. Ps. 56. Vertrauen auf Gottes Verheissung.

Ps. 9 ist die Hoffnung so stark, dass sie sich gleich anfangs in einer Danksagung ausspricht; auch Ps. 28. 10 sind sehr voll Hoffnung.

Die anfangs klägliche Stimmung von Ps. 102 erhebt sich zuletzt, im Gedanken an den ewigen, unveränderlichen Gott, zur Hoffnung der Wiederherstellung Israels. Im Ps. 42 u. 43. Ps. 84 eine sehr innige Sehnsucht nach dem Heiligthum aus der Entfernung und Verbannung. Das äussere Unglück berührt in Ps. 84 das Gemüth fast nur in der Beziehung, dass es seiner liebsten Freude am Heiligthume entbehrt; sonst bleibt er ungetrübt und voll Gottesvertrauen. Der Dichter von Ps. 42. 43 ist zwar voll Schmerz und Gefühl der Kränkung, aber die Sehnsucht nach dem Heiligthume mildert die Stimmung. — Erbauliche Betrachtung, dass wir im Unglücke mehr das, was wir an geistigen Gütern verloren, ins Auge fassen, unsern Schmerz dadurch veredeln und mildern und so die höhere Ruhe wieder gewinnen sollen. Auch in Ps. 63 verbindet sich mit dem Gottvertrauen eine innige Sehnsucht nach dem Heiligthume.

Rache athmet Ps. 59; Schmerz Ps. 120.

γ. Sehr viele Unglückspsalmen beziehen sich auf innere, bürgerliche Zerrüttung der Nation selbst (obschon manche derselben vielleicht mit mehr Recht unter die Rubrik β. zu ziehen sind).

Ueber diese Psalmen ist im Allgemeinen folgendes zu bemerken. Auch nach christlicher Ansicht ist der Gegensatz zwischen dem eignen geliebten Volke und Vaterlande und feindlichen Völkern, welche das gottgeweihte, friedliche Leben des erstern befeinden und stören, durch äussern Kampf, mit weltlichen Waffen, mit vaterländischem Rechts- und Freiheitseifer, mit Tapferkeit und Heldenmuth, jedoch immer mit Vertrauen auf die Hülfe des Gottes der Gerechtigkeit, und mit einer durch Menschenliebe und Selbstverleugnung gemilderten Stimmung zu führen. Daher sind starke Ausdrücke der gekränkten Vaterlandsliebe, Hass- und Rachsucht gegen die Heiden in mehrern der bisherigen Psalmen (s. β.) vom christlichen Lehrer zu berichtigen oder zu mildern; was ohne Schwierigkeit geschehen kann, indem man an die Lage der alten Welt überhaupt und des israelitischen Volks mitten unter feindlichen Völkern insbesondere erinnert, und Gott dankt, der uns durch das Christenthum so viel Besseres gebracht hat. Dagegen tritt, in Beziehung auf den innern Streit zwischen den Guten und Bösen und auf die Leiden der erstern, ein wichtigerer, schon oben berührter Unterschied der alttestamentlichen und christlichen Ansicht und Gesinnung ein. Der alttestamentliche Fromme lässt auch hier, nach dem Geiste des Gesetzeslebens, vorzüglich sein gekränktes Rechtsgefühl walten; klagt über seine unterdrückte Unschuld, drückt seinen Hass und Absehen gegen die Bosheit seiner Feinde aus, nimmt seine Zuflucht zur Gerechtigkeit Gottes, ruft dessen helfende und strafende Thätigkeit an, damit er ihm Recht schaffe und die ihm gebührende bürgerliche Glückseligkeit und Ruhe wieder schenke, und lässt dabei einem zwar gerechten, aber nicht selten durch Hass und Blindheit leidenschaftlich werdenden Rachegefühle freien Lauf, während der Christ in solchen Fällen zwar bisweilen sich berechtigt und verpflichtet fühlen kann, die Gerechtigkeit des Staats für seine gerechte Sache anzurufen, sonst aber, im Gefühle der Demuth, dass er selbst auch noch nicht frei von Sünde ist, seinen Widersachern Geduld, Versöhnlichkeit und Liebe

entgegenbringt, und durch die sanfte Gewalt des Geistes Christi den das
christliche Leben noch zerrüttenden Zwiespalt des Guten und Bösen
aufzuheben sucht, und desswegen nicht sowohl die helfende und strafende Gerechtigkeit Gottes (weil durch Bestrafung und Vernichtung der
Frevler wohl die äussere Erscheinung des Bösen für den Augenblick
entfernt, das Böse selbst aber nicht überwunden wird, und weil ihm
sein irdisches Glück nicht so sehr am Herzen liegt), als dessen erlösende, erleuchtende Gnade, die Kraft seines guten Geistes anruft. Der
erbauliche Ausleger darf diesen Unterschied des Alt- und Neutestamentlichen nicht verwischen, noch bemänteln, sondern muss ihn, wie er vor-
liegt, auffassen und in den Nutzen der christlichen Erbauung verwenden,
was denn auf folgende Weise geschehen kann.

In Betreff dessen, was an Gerechtigkeitsstolz anstreift, ist eine
Milderung anzubringen durch die Bemerkung, dass die über das erlittene
Unrecht klagenden Dichter einer ganzen Classe von Uebelthätern und
einer das ganze Volksleben drückenden Herrschaft des Bösen gegenüber
stehen, und nicht bloss in ihrem eigenen, sondern zugleich im Namen
einer ganzen Classe von Frommen, zu der sie sich halten, sprechen;
dass sie, obschon der Geist des Gesetzes nicht so wie der des Evangeliums, die Demuth mit sich bringt, nicht vergessen haben, dass sie
selbst in allgemeiner Hinsicht vor Gott nicht gerecht sind (wie es denn
in den Psalmen selbst und im A. T. genug Stellen der Selbstanklage
und Demuthsäusserung gibt), dass sie aber in Beziehung auf die betreffenden Lebensverhältnisse sich ihrer Unschuld bewusst sind, und um
dieser und der gerechten Sache überhaupt willen Rettung und Sieg von
Gott hoffen. Vgl. die oben über Ps. 18, 21—25 gemachte Bemerkung.
Was den Punkt betrifft, dass die Psalmisten die Ueberwindung des
Gegensatzes zwischen Gut und Böse von der helfenden und strafenden
Gewalt Gottes hoffen, so muss diess mit dem ganzen Geiste der Theokratie in Verbindung gesetzt werden, deren Zweck war, dem Guten einmal durch die Staats- und Priestergewalt den Sieg zu verschaffen und
ihren Bürgern ein glückseliges Leben auf Erden zu bereiten, und dann
die Verheissung hatte, dass Gottes richterliche Gerechtigkeit ergänzend
eintreten würde. Dagegen muss bemerkt werden, dass im Neuen Bunde
die Aufhebung dieses Gegensatzes auf ganz andere Weise durch die

Erlösung in Christo geschieht; dass die über dem alten Bunde mit
Gerechtigkeit waltende, der Sünde und ihren Dienern strafend entgegentretende und somit selbst mit einem Theile der Menschheit in feindlichem Gegensatze stehende Gottheit in Christo Mensch geworden, durch
die Kraft der Liebe die Gewalt der Sünde gebrochen und allen Zwiespalt im Menschengeschlechte so weit versöhnt hat, dass nur die Ungläubigen und Widerspenstigen dem ewigen göttlichen Gerichte aufbewahrt bleiben, jedoch in diesem Leben immerfort von der göttlichen
Gnade gesucht und angelockt werden, und dass auch die der Erlösung
und Versöhnung Theilhaftigen ihnen eine unablässige, nie ermüdende
Geduld, Sanftmuth und Versöhnlichkeit entgegenzusetzen haben; dass
wir Christen uns glücklich zu schätzen haben, einen Erlöser zu besitzen,
der uns lehrt und uns die Kraft gibt, das Böse durch Gutes zu überwinden, dass er uns zwar auch lehrt in Fälle des Leidens, der Kränkung,
der Unterdrückung uns mit Vertrauen zum himmlischen Vater; dem
Helfer der Witwen und Waisen und Verlassenen, zu wenden, und bei
ihm Trost und Kraft zu suchen, ihm aber auch mit Selbstverleugnung
und Verzichtleistung auf irdisches Glück, in der Hoffnung auf eine ewige
Vergeltung, Alles anheimzustellen und um Vergebung, Erleuchtung und
Besserung für unsre Feinde zu bitten.

Auf ähnliche Weise hat sich der erbauliche Erklärer in Ansehung
der Aeusserungen von Hass und Rachsucht, der Flüche und Verwünschungen gegen die Feinde zu verhalten. Hat er freie Hand, so wird
er die auffallendsten solcher Stellen nicht zu Vorwürfen der Erbauung
wählen; führt in aber irgend eine Nothwendigkeit darauf, so wird er
zwar alle Milderungen eintreten lassen, welche die Berücksichtigung des
Geistes des Alterthums und des Gesetzeswesens an die Hand gibt, sonst
aber das der christlichen Gesinnung Widerstrebende mit Offenheit und
Gradheit anerkennen und als Gegensatz benutzen.

Die mit dem Heidenthume kämpfende Theokratie und der bessere
Theil Israels, welcher mit dem schlechtern unterliegend rang, sind allerdings Vorbilder der kämpfenden und leidenden christlichen Kirche, indem
auch bei dieser der Gegensatz zugleich ein äusserer und innerer ist;
und die gemeinschaftliche Grundlage, auf welcher beide, Vor- und Nachbild, ruhen, ist der in der Menschheit liegende Zwiespalt des Guten und

Bösen, des Geistes und Fleisches, des Göttlichen und Menschlichen, und die Nothwendigkeit, dass das Gute sich durch Kampf und Leiden zur siegenden Kraft hindurchläutern, und Christus mit den Seinigen durch Leiden in seine Herrlichkeit eingehen muss. Jedoch tritt, wie gesagt, der Unterschied ein, dass im A. T. der Kampf mehr als ein äusserer, im N. T. mehr als ein innerer gefasst wird; dass dort die Leidenden oft eine ungeduldige Abneigung gegen das Leiden zeigen, indem sie nicht immer einsehen, dass ihr Unterliegen für sie selbst und die göttliche Sache heilbringend sei, und den Sieg ihrer und Gottes Sache eher von der Rettung und vom rächenden Beistande Gottes erwarten (vgl. Ps. 22, 28 ff.). Verfolgt man nun jene Parallele zu einseitig, so kann leicht dieser Unterschied zum Nachtheile der christlichen Ansicht verwischt werden. Die Sehnsucht und Hoffnung, dass Gott mit seiner richterlichen Gerechtigkeit eintreten möge, findet zwar einen Anknüpfungspunkt in der christlichen Idee des Gerichts (Luk. 18, 7 f.); aber diese muss durch die Duldsamkeit (Matth. 13, 28 ff.) und Versöhnlichkeit in die Fernsicht der christlichen Hoffnung hinausgeschoben werden, während die Gegenwart ganz von der Sünde-überwindenden, wirksamen und strebenden Liebe erfüllt wird. Das einzelne der Behandlung müssen wir dem christlichen Takte des erbaulichen Erklärers überlassen, und ausser den nachher zu gebenden Proben können wir nicht näher eintreten, ohne in ermüdende Weitläufigkeit zu verfallen.

Wir versuchen nun unsre Classification oder vielmehr Gruppirung weiter zu führen.

N. In der Art, wie der Gegensatz zu überwinden versucht wird, regt sich eine Ahnung der christlichen Erlösung und Erhebung über das Irdische.

Der Verf. von Ps. 39 betrachtet sein Leiden als Folge seiner Sünden und als Züchtigung: zugleich beugt er sich vor Gott im Gefühle der Vergänglichkeit des Lebens und in stummer Ergebung. Aehnlich Ps. 38.

Ps. 25. 51 fassen den Gegensatz der Frommen und Frevler als einen nicht bloss durch die Strafgerechtigkeit Gottes, sondern auch durch eigene Sittlichkeit und bessernden Einfluss auf die Sünder (Ps. 51. 15) (wenngleich nicht durch selbstverleugnende Liebe) zu überwindenden,

indem die Verfasser um Licht und Kraft und Sündenvergebung bitten,
Aehnlich Ps. 143.

Auch die Verfasser von Ps. 27. 86. 5. 141 bitten um die Leitung
Gottes, und um Bewahrung vor dem Bösen, und im erstern löst sich
der Zwiespalt der Seele in Sehnsucht nach dem Heiligthume (Vs. 4. vgl.
Ps. 42 f. 84) und in heiteres Vertrauen zu Gott (Vs. 5 f.) auf.

Voll Milde und Wohlwollen gegen die Feinde und voll des hei-
tersten Gottvertrauens ist auch Ps. 4.

*Erklärung. Vs. 2. „Erhöre mich, wenn ich rufe, Gott
meiner Gerechtigkeit, der du mich tröstest in Angst." Vor
der Ungerechtigkeit der Menschen flüchtet der Gerechte zur Gerechtigkeit
Gottes. Da er Trost bedarf, da ihn die Welt ängstigt, wendet er sich
zur Gnade des Herrn. Nirgend anders kann man seinen Trost suchen denn
bei Gott im Gebete. Die menschliche Hülfe, der menschliche Trost täuscht
nur zu oft. Der Beistand redlicher Freunde ist sehr schätzbar und nicht
zu verachten, aber oft verleiten sie uns durch falsche Rathschläge, verblen-
den uns durch falschen irdischen Trost.

Vs. 3. Wenn man sich zum Gebete wendet, so weichen alle Gefühle
von Hass und Rachsucht. Der Fromme, der Gefahr an seiner Ehre litt,
spricht im liebreichsten Tone zu seinen Widersachern: „Liebe Herren,
wie lange soll meine Ehre geschändet werden?" Wie lange
wollt ihr meine Ehre antasten? Er macht mehr den Lehrer, den Zurechtwei-
ser, den Versöhner, als dass er sich in Aeusserungen der gekränkten Ehre
ausspräche. Solche Sanftmuth bewies auch Jesus gegen den Knecht, der
ihn schlug.

Vs. 4. Durch das Gebet gestärkt und beruhigt, setzt unser Dichter
seinen Feinden eine wunderbare Ruhe entgegen. Die Befeindungen und
Kränkungen, die er von ihnen erfährt, sieht er als eine Zulassung Gottes
an, der „seine Heiligen wunderlich führe",*) und zweifelt nicht,
dass er sein Gebet erhören und ihn aus dieser Prüfung siegreich hervorgehen lassen wird.

Wie muss diese Ruhe und Zuversicht seine Feinde entwaffnen und
demüthigen! Sie vollführen gegen ihren Willen die wunderbaren Absichten Gottes, der seinen Frommen prüfen will; indem sie Böses stiften wollen,
stiften sie Gutes.

Vs. 5 f. „Zürnet ihr, so sündiget nicht!" Mit Sanftmuth
sucht der Verfolgte ihre leidenschaftliche Aufregung zu beschwichtigen. Sie
zürnen gegen ihn; unschuldig hat er sie aufgebracht, (der Fromme reizt
den Bösen oft zum Zorne, ohne dass er es will oder weiss, wenn er die
Wahrheit redet, wenn er die Unschuld vertheidigt); aber er warnt sie, sich durch

---

*) Die Unrichtichtigkeit der Luther'schen Übersetzung nöthigt hier den erbaulichen
Erklärer, wenn er sich nicht in eine störende Berichtigung derselben einlassen will,
zu einer Abweichung vom grammatisch-historischen Sinne, die nicht nur unbequem,
sondern selbst drückend ist.

ihren Zorn nicht zur Sünde reizen zu lassen. Schon haben sie gesündiget;
da sie ihn verfolgten; aber mit Milde und Sanftmuth sieht er das, was
sie gethan, gleichsam als nichts an. Er verweist sie zur Besonnenheit: sie
sollen auf ihrem Lager nachdenken, ihre Herzen zu Gott erheben
und auf ihn harren, ihre Rache einstellen und Gott die Sache anheim geben. — Den Verirrten muss man Zutrauen erweisen und das Beste von
ihnen hoffen. Dieser Verfolgte hofft noch von seinen Feinden, dass sie
zum Guten zurückkehren werden, er hofft ihre Reue und ermahnt sie, sich
der Gerechtigkeit zu befleissigen. „Opfert Gerechtigkeit! Bringet
Gott ein gereinigtes Herz, Früchte der Busse, Gelübde der Besserung dar
und hoffet auf den Herrn! er wünscht ihnen dasselbe Heil in dem er steht;
dieselbe Seligkeit die er hat in der Hoffnung auf Gott.

Vs. 7. Schmerzlich ist es dem frommen Dichter, erfahren zu müssen,
dass Viele diese gut gemeinten Lehren verachten mit den spöttischen
Worten: „wie sollte uns dieser weisen was gut ist?"; *) und
seufzend wendet er sich daher zu Gott mit der Bitte: „Erhebe über
uns das Licht deines Antlitzes!" d. h. verscheuche die Finsterniss
des Unglaubens, die auf so vielen unter uns noch liegt, die Verblendung, in
welcher die Weltmenschen befangen sind. **)

Vs. 8 f. Die ungläubigen Weltmenschen finden ihr Glück in der Fülle von
Wein und Korn und andern irdischen Gütern. Dagegen findet der
Fromme seine Freude in Gott: „Du erfreuest mein Herz." Sein Glaube
macht ihn ruhig und zufrieden: „Ich liege und schlafe ganz im
Frieden." Sein Friede ist selbst durch die Feindschaft seiner Widersacher
nicht gestört: „Du Herr, hilfst mir, dass ich sicher wohne."

Ps. 49. Das Glück der Gottlosen, vorzüglich im Reichthume be-
stehend, ist vergänglich und nichtig, wie dieser: sie werden trotz desselben eine Beute des Todes, während der Gerechte vom Tode errettet
wird. — Hier ist wenigstens von der einen Seite die richtige Ansicht,
dass das irdische Glück an sich nichtig ist, während freilich auf der andern
Seite mit zu eitler Zuversicht die Vergeltung in diesem Leben durch
den Untergang der Einen und die Rettung der Andern gehofft wird. Es
lässt sich aber halb durch Gegensatz, halb durch tiefere Deutung (freilich eine andere als die Stier'sche) der Gedanke daran knüpfen, dass
der Weltmensch im Tode keine Hoffnung, der Fromme hingegen das
ewige Leben hat. Vs. 16 handelt zwar bloss von irdischer Lebens-
rettung und von der Aufnahme in den göttlichen Schutz für dieses Leben,

---

*) Auch hier ist die Luther'sche Uebersetzung wesentlich unrichtig. Der klare
Sinn ist: „Viele sprechen: O möchten wir Glück schauen!" ein Aus-
druck des Verlangens nach Glückseligkeit, mit welchem das in Gott Vergnügtsein des
Dichters in Contrast tritt.

**) Nach dem grammatischen Sinne freilich ist es Bitte um Beglückung.

lässt sich aber leicht erweitern. Ps. 17, 14. 15 enthält wirklich den Gegensatz des auf dieses Leben beschränkten Strebens der Gottlosen und der ewigen Hoffnung der Frommen, während freilich der übrige Theil des Psalms mit der Betheurung der Unschuld (Vs. 2—4) und der Bitte um göttlichen Schutz (Vs. 6—9) sich im alttestamentlichen Elemente bewegt.

כ. Die Vertilgung der in ihrer innern Verworfenheit dargestellten Frevler wird mit getrostem Vertrauen vorzüglich von der göttlichen Gnade gehofft.

Ps. 31. 36. Auch in Ps. 3. 6. 13. 52. 57 u. a. erscheint dieses Element.

*Erklärung von Ps. 3. Vs. 2 f. Ein Unglücklicher, von Feinden umringt, wendet sich zum Herrn. Es ist David, gegen den der grösste Theil des Volkes und selbst sein Sohn sich empörten, der selbst Jerusalem verlassen und auf der Flucht Hohn und Spott erdulden musste. — In dieser Lage verzweifelten Viele an seinem Glücke. „Viele sagen von meiner Seele: Sie hat keine Hülfe von Gott." Es war niederschlagend für die Freunde Davids, zu sehen, wie er, der König, vom Gipfel seines Glückes herabgestürzt war. Anstatt ihn zu ermuthigen, machten sie ihm bange und wollten ihm sogar das Vertrauen auf Gott rauben. Wie Mancher hat sich schon in ähnlicher Lage befunden, umringt von Feinden, die sich gegen ihn verschworen (Weish. 2, 10.); gegen ein Volk haben sich alle umliegenden Völker verbündet (Ps. 83). Und wie leicht verliert da der Mensch den Muth; wie oft geschieht es, dass seine Freunde an ihm verzweifeln und entmuthigende Reden führen, womit sie sich gegen Gott und den Nächsten versündigen. Aber unser Frommer lässt sich nicht erschrecken; vertrauungsvoll wendet er sich zum Herrn.

Vs. 4. „Aber du, Herr, bist der Schild für mich, und der mich zu Ehren setzet und mein Haupt aufrichtet." Er hat den rechten, starken Glauben an Gott; aber auch das Bewusstsein einer gerechten Sache. Beides muss uns aufrecht halten im Kampfe. Davids Vertrauen rechtfertigte sich: er siegte und kam wieder zu Ehren. Aber es war nicht anmaßlich und thöricht. Er erwartet nicht, dass Gott seine Feinde plötzlich vernichten, sondern bloss, dass er ihm den Schild der Hülfe reichen werde. Gott will, dass wir kämpfen; aber er unterstützt und führt uns zum Siege.

Vs. 5. „Ich rufe an mit meiner Stimme den Herrn; so erhöret er mich von seinem heil. Berge." Im Kampfe müssen wir uns stärken durch das Gebet. Beten sollen wir mit Zuversicht der Erhörung, aber auch mit Demuth und Ergebung in den göttlichen Willen. Gott erhört nicht immer so, wie wir erwarten; seine Wege sind nicht unsere Wege.

Vs. 6—8. „Ich liege und schlafe und erwache; denn der Herr hält mich." Der Ungläubige zagt und ängstigt sich für den andern Morgen und kann nicht ruhen vor Sorge. Wer aber seinen Schild bei Gott gefunden hat, der zagt und ängstigt sich nicht; er legt sich ruhig schlafen, denn Gott wacht über ihm; heiter und wohlgemuth erhebt er sich und geht froh an sein Tagewerk; er weiss ja, dass Gott ihm darin beisteht. „Ich fürchte mich nicht vor viel hundert tausenden, die sich umher wieder mich lagern." Er kämpft, den Kampf, in den ihn Gott geführt hat, für seine gerechte Sache, für Gerechtigkeit und Wahrheit. Das Vertrauen auf Gott stärkt seine Kraft, so dass er nicht müde wird und nicht am Siege zweifelt; er weiss, das Gott die bösen vernichtet. „Du schlägst alle meine Feinde auf den Backen, und zerschmetterst der Gottlosen Zähne." Aber er ist ohne Rachsucht. So David gegen Saul, an dem er selbst Grossmuth übte, obschon er hoffen durfte, dass dessen Anschläge zu nichte werden und er sich selbst die Grube graben würde. So war auch Jesus, so waren die Apostel ohne Rachsucht, obschon sie voraussahen und hofften, dass alle Pflanzen, die Gott nicht gepflanzt, ausgerottet, dass die Feinde der christlichen Kirche, die Pharisäer, die Priester, Herodes, bestraft werden würden, indem sie sich selbst den Untergang bereiteten. — Jesus weinte zwar über ihr Schicksal, aber die Gerichte Gottes gehen unaufhaltsam ihren Gang; das Böse arbeitet an seiner eigenen Zerstörung.

Vs. 9. „Bei dem Herrn findet man Hülfe und deinen Segen über dein Volk." Nie steht der Fromme, nie kämpft, nie betet er für sich allein; das gemeine Beste liegt ihm stets am Herzen. David stand, litt und kämpfte für sein Volk. So auch Christus und die Apostel. Darin liegt der kräftigste Ermunterungs- und Trostgrund in allem Kampf und Leiden, und selbst im Untergange; an dem Gedanken, dass Alles, was er thut und leidet, zum Segen seines Volkes und seiner Freunde gereichen wird, richtet sich der Fromme auf.

ג. Die Idee der heiligen Strafgerechtigkeit Gottes tritt vorzüglich hervor in Ps. 5. 7. 11.

ז. Das Gefühl der leidenden Unschuld spricht sich besonders aus in Ps. 26; auch in Ps. 7.

ה. Verzagtheit im Unglücke und Furcht vor dem Tode: Ps. 6. 88.

Erklärung von Ps. 6. David, dem dieser Psalm zugeschrieben wird, wendet sich in einer höchst bedrängten und kummervollen Lage mit ängstlichem Flehen zum Herrn. Seine Feinde, Ungerechte, „Uebelthäter" (Vs. 9.) bedrängten ihn mit Uebermacht, und jagten ihm solchen Schrecken ein, erfüllten ihn mit solcher Angst und Sorge, dass er mit Thränen sein Lager netzte, die Nächte hindurch seufzte und vor Kummer krank wurde, dass seine Gestalt verfiel und alterte (Vs. 4. 7. 8). Billig nimmt es uns Wunder, dass ein so frommer König, der sonst ein so schönes Gottvertrauen beweist, in den Zustand fast gänzlicher Fassungslosigkeit und Verzweifung verfallen ist. In der Ordnung wäre solches bei einem Menschen, der keinen Glauben an die göttliche Vorsehung hat, der, wenn ihn seine Feinde bedrängen und seine Freunde ihn entweder verlassen oder nicht schätzen können, sich von aller Hülfe verlassen und verloren glaubt. Aber wie kann ein David so zagen und erschrecken? Wohl dürfen wir es als möglich ansehen, dass ein gläubiger, Gott vertrauender Mann in so gefahrvolle Lagen gerathen, von so schweren Leiden betroffen werden kann, dass ihn die Furcht und der Schmerz ganz übermannt, dass er allen Muth und alle Fassung verliert. Die menschliche Natur ist schwach; und wie gross auch die Kraft und Ausdauer eines Menschen sein möge, sie hat immer ihre Grenzen und hält gewisse Prüfungen nicht aus. Erfuhr doch selbst unser Heiland Jesus Christus beim Anblicke des Todes ein Zagen und Bangen, und bat seinen himmlischen Vater, ihn, wenn es sein heiliger Wille wäre, mit dem Leidenskelche zu verschonen; ja, am Kreuze fühlte er sich für einen Augenblick dermassen von der Last des Leidens niedergedrückt, dass er in den Angstruf ausbrach: „Mein Gott, mein Gott, warum hast du mich verlassen?" Dieses Beispiel, so wie auch das unsres frommen Dichters, mag uns lehren, unsrer menschlichen Kraft nicht zu viel zu trauen, und im Gebete zu Gott unsre Stärke zu suchen. Aber wir müssen auch im rechten Glauben und in der Rechten Gemüthsverfassung beten: beides fehlte unserm frommen Dichter, da er noch nicht vom Lichte der christlichen Offenbarung erleuchtet war. Er betet: „Herr, strafe mich nicht in deinem Zorn, und züchtige mich nicht in deinem Grimm!" (Vs. 2.) Er ist sich seiner Sünden bewusst; das Unglück hat, wie es zu thun pflegt, sein Gewissen geweckt, und Sünden, die er mit Leichtsinn begangen, gering geachtet und sich aus dem Sinne geschlagen hatte, steigen in ihrer finstern, schreckenden Gestalt von seiner Seele auf. Er bereut sie; aber er kann nicht sogleich den Glauben an die Sünden-verzeihende Gnade Gottes fassen. In einem andern Ps. (Ps. 32) erzählt er uns, dass und wie er zu diesem Glauben gelangt sei; dass er anfangs noch kein Zutrauen zu Gott habe fassen, sich ihm nicht mit kindlicher Offenheit nähern können, und desswegen viel gelitten habe. Jetzt ängstigt ihn der Gedanke, dass ihn Gott im Zorne und Grimme durch die Verfolgungen seiner Feinde strafe. Wer mit seinem Gott durch Christum versöhnt ist, fürchtet dessen Zorn nicht mehr; nur wer nicht glaubt, auf dem ruht sein Zorn. (Joh. 3, 36.) Darum danken wir Gott, dass uns diese Versöhnung bereitet ist; und wer ihrer noch nicht theilhaftig sein sollte, der eile bald reumüthig und gläubig seinem Erlöser zu, und eigne sich das von ihm dargebotene Heil an! — Ein zweiter Mangel, der unsern frommen Dichter und fast alle Frommen des A. T. drückt, ist der noch so unvollkommene Glaube an ein ewiges Leben nach dem Tode. Die meisten Hebräer wussten bloss von einem düstern, freudenlosen, schattenähnlichen Leben der abgeschiedenen Seelen in der „Hölle" oder Unterwelt; denn ihnen war ja nicht Christus als der Erstling unter denen die da schlafen, als der Sieger des Todes erschienen. Der Gedanke an ein solches Schattenleben war eher geeignet zu schrecken, als zu erfreuen, die natürliche Furcht vor dem Tode zu erhöhen, als zu überwinden. Darum flehet auch David: „Errette meine Seele! denn im Tode gedenket man deiner nicht; wer will dir in der Hölle danken?" (Vs. 6). Er schaudert vor jenem Zustande, wo man nicht den freudigen Gedanken des Lobes Gottes fassen könne, wo man nur seufze und wimmere. Wie glücklich sind dagegen wir Christen, dass wir die Todesfurcht durch den seligen Auferstehungsglauben überwinden, dass wir ausrufen können: „Tod, wo ist dein Stachel, Hölle, wo ist dein Sieg?"

Indessen keimt doch wenigstens im Gemüthe unsres frommen Dichters der Glaube an die Gnade Gottes: er ruft sie an: „Herr, sei mir gnädig." (Vs. 3.) „Hilf mir um deiner Güte willen." (Vs. 5.) Und wie wunderbar ist die Kraft dieses Glaubens! Ist er auch nur wie ein Senfkorn gross, so kann man damit der Sündenangst und der Todesfurcht trotzen. Durch sein Gebet fühlt sich David so getröstet und aufgerichtet, dass er voll freudiger Zuversicht seinen Feinden zuruft: „Weichet von mir, alle Uebelthäter! denn der Herr höret mein Weinen; der Herr höret mein Flehen, mein Gebet nimmt der Herr an." (Vs. 9 f.), und dass er mit Sicherheit hofft: „alle seine Feinde werden zu Schanden werden", ihre Anschläge und Unternehmungen gegen ihn vereitelt sehen, vor seinem aus Gottes Kraft geschöpften Muthe und dem ihm geschenkten göttlichen Beistande sehr erschrecken, und von ihrem auf ihn gerichteten Angriffe mit Schanden zurückkehren werden. (Vs. 11.)

ϥ. In mehrern andern Klag- und Bitt-Psalmen, in denen sich das Gefühl des Unglücks mehr oder weniger stark ausdrückt, zeigt sich das eine oder andere Eigenthümliche. Ps. 22. 71 lebhafte Dankverheissung: in ersterem mit der Hoffnung, dass die Rettung und der Dank dafür der Ehre Jehova's und der Verbreitung seines Dienstes förderlich sein werde. (Messianische Idee, aber in Ansehung des Grundes nicht christlich; s. oben.) Ps. 55. 69. 109 sind durch starke, gegen die Feinde ausgesprochene Verwünschungen ausgezeichnet.

Ps. 41 empfiehlt die den Unglücklichen zu beweisenden Theilnahme. In Ps. 13. 35 fürchten sich die Unterdrückten vorzüglich vor der Schadenfreude ihrer Unterdrücker. Am wenigsten eigenthümlich sind Ps. 54. 64. 140. 142.

ϥ. Empörtes Gerechtigkeitsgefühl beim Anblicke der Herrschaft der Bösen. Ps. 58 gegen ungerechte Richter (vgl. Ps. 82). Ps. 14 hat vorzüglich die Ungerechtigkeit der Heiden im Auge. Ps. 12. Beim Ueberhandnehmen der Bosheit verheisst Jehova Hülfe.

ɴ. Die Erfahrung, dass die Frommen den Gottlosen gegenüber oft unglücklich waren, empörte nicht nur das Gerechtigkeitsgefühl, sondern auch den Trieb nach Glückseligkeit der erstern. Da sie nun vom Gesetze auf diese Erde angewiesen waren, und von keiner Vergeltung jenseits wussten, auch noch nicht von der Wahrheit allgemein durchdrungen waren, dass das Leiden heilsame Folgen hat, hingegen im Glauben an ihren Gott, der das Gesetz und die Verheissung gegeben hatte, dass die Beobachtung desselben irdischen Segen mit sich führen solle, nicht schwanken: so suchten sie die Zweifel und Widersprüche, die sich gegen die Regel der Vergeltung erhoben, zu beseitigen dadurch, dass sie das Unglück der Frommen nur als vorübergehend ansahen.

Ps. 37. 73, auch zum Theil Ps. 49, vgl. oben Ps. 1. 112. — Viele Gedanken in diesen Psalmen sind ächt christlich: dass stille Vertrauen zu Gott (37, 3—8. 27. 34), die feste Treue gegen ihn bei allen scheinbaren Widersprüchen (73. 23), die über alles gehende Liebe zu Gott und Freude an Gott (73, 25 f. 28); indess darf der christliche Erklärer nicht verschweigen, dass diese gläubigen Frommen die bessere Hoffnung des Christen nicht kannten, und muss gerade diese recht herausheben, damit wir uns derselben freuen und darin fest werden.

Der Verf. dieses hofft gezeigt zu haben, dass gerade das Festhalten an der grammatisch-historischen Auslegung der Psalmen und die Auffassung des Eigenthümlichen, selbst des noch Unvollkommenen darin der erbaulichen Benutzung nicht nur nicht nachtheilig, sondern sogar sehr vortheilhaft ist, indem ihr so ein Reichthum an eigenthümlichen, fest bestimmten, lebenskräftigen Vorstellungen, Ansichten, Gefühlen geboten wird, die sie auf die fruchtbarste Weise verarbeiten kann. Sie hat es gleichsam mit der Betrachtung von eigenthümlichen und anziehenden Gesichtsbildungen und Charaktern *) zu thun, welche menschliche Theilnahme und Mitgefühl erwecken und eine Menge Vergleichungs- und Anknüpfungspunkte für unser eigenes Leben darbieten. Der Psalter wird ihr, ähnlich den geschichtlichen und prophetischen Büchern des A. T., eine Schule des Lebens, eine Gallerie geschichtlicher Bilder. Erst so wird Luthers schönes Wort wahr: „Da siehest du allen Heiligen ins Herz, wie in schöne, lustige Gärten, ja wie in den Himmel, wie feine, herzliche, lustige Blumen darin aufgehen von allerlei schönen, fröhlichen Gedanken gegen Gott und seine Wohlthat. Wiederum, wo findest du

---

*) „Die pneumatische Auslegung sucht in der individuellen Physiognomie, welche die reine (historische) Hermeneutik bei den einzelnen Stellen ihr in das Licht stellt, die bestimmten Züge des messianischen theologischen Charakters auf." T. Beck a. a. O. S. 81.

tiefere, kläglichere, jämmerlichere Worte von Traurigkeit? Da siehest du abermal allen Heiligen ins Herz, wie in den Tod, ja wie in die Hölle. Wie finster und dunkel ist es da von allerlei betrübtem Anblick des Zornes Gottes!" Dagegen führt uns die sogenannte gläubige, alles verchristlichende und dadurch jede Eigenthümlichkeit verwischende Auslegung in eine dämmernde Nebelgegend, worin uns Zerr- und Gaukelbilder begegnen, die uns nicht anziehen noch erfreuen, die uns verwirren und blenden.

———————